U0102890

胡适文集
HUSHI WENJI

人生有何意义

胡适 著

北京理工大学出版社
BEIJING INSTITUTE OF TECHNOLOGY PRESS

图书在版编目（CIP）数据

人生有何意义 / 胡适著. — 北京：北京理工大学出版社，2016.8
（2018.8重印）

（胡适文集）

ISBN 978-7-5682-2466-6

Ⅰ.①人… Ⅱ.①胡… Ⅲ.①散文集—中国—现代 Ⅳ.①I266

中国版本图书馆CIP数据核字（2016）第137294号

出版发行 / 北京理工大学出版社有限责任公司

社　　址 / 北京市海淀区中关村南大街 5 号

邮　　编 / 100081

电　　话 / (010) 68914775 (总编室)

　　　　　 (010) 82562903 (教材售后服务热线)

　　　　　 (010) 68948351 (其他图书服务热线)

网　　址 / http://www.bitpress.com.cn

经　　销 / 全国各地新华书店

印　　刷 / 三河市冠宏印刷装订有限公司

开　　本 / 889 毫米 × 1194 毫米　　1/32

印　　张 / 6.5　　　　　　　　　　　　　　　　责任编辑 / 王俊洁

字　　数 / 153千字　　　　　　　　　　　　　　文案编辑 / 王俊洁

版　　次 / 2016 年 8 月第 1 版　　2018 年 8 月第 2 次印刷　　责任校对 / 周瑞红

定　　价 / 25.00元　　　　　　　　　　　　　　责任印制 / 边心超

目 录

略谈人生观

　　每个人可以说都有一个"人生观"，我是以先几十年的经验，提供几点意见，供大家思索参考。

　　很多人认为个人主义是洪水猛兽，是可怕的，但我所说的是个平平常常，健全而无害的。干干脆脆的一个个人主义的出发点，不是来自西洋，也不是完全中国的。中国思想上具有健全的个人主义思想，可以与西洋思想互相印证。王安石是个一生自己刻苦，而替国家谋安全之道，为人民谋福利的人，当为非个人主义者。但从他的诗文可以找出他个人主义的人生观，为己的人生观。因为他曾将古代极端为我的杨朱与提倡兼爱的墨子相比。在文章中说"为己是学者之本也，为人是学者之末也。学者之事必先为己为我，其为己有余，则天下事可以为人，不可不为人。"

　　这就是说，一个人在最初的时候应该为自己，在为自己有余的时候，就该为别人，而且不可不为别人。

十九世纪的易卜生，他晚年曾给一位年轻的朋友写信说："最期望于你的只有一句话，希望你能做到真正的、纯粹的为我主义，要你有时觉得天下事只有自己最重要，别人不足想，你要想有益于社会最好的办法，就是把你自己这块材料铸成器。"

另外一部自由主义的名著《自由论》，有一章"个性"，也一再的讲人最可贵的是个人的个性，这些话，便是最健全的个人主义。一个人应该把自己培养成器，使自己有了足够的知识、能力与感情之后，才能再去为别人。

孔子的门人子路，有一天问孔子说："怎样才能做成一个君子？"孔子回答说："修己以敬。"这句话的意思，也就是要把自己慎重的培养、训练、教育好的意思。"敬"在古文解释为慎重。子路又说："这样够了吗？"孔子回答说："修己以安人。"这句话的意思，就是先把自己培养、训练、教育好了，再为别人。子路又问："这样够了吗？"孔子回答说："修己以安百姓，修己以安百姓，尧舜其犹病诸。"这句话的意思就是培养、训练、教育好了自己，再去为百姓，培养好了自己再去为百姓，就是圣人如尧舜也很不易做到。孔子这一席话，也是以个人主义为起点的。自此可见，从十九世纪到现在，从现在回到孔子时代，差不多都是以修身为本。修身就是把自己训练、培养、教育好。因此个人主义并不是可怕的，尤其是年轻人确立一个人生观，更是需要慎重的把自己这块材料培养、训练、教育成器。

我认为最值得与年轻人谈的便是知识的快乐。一个人怎样能使生活快乐。人生是为追求幸福与快乐的，《美国独立宣言》中曾提及三种东西，就是（1）生命，（2）自由，（3）追求幸福。但是人类追求的快乐范围很广，例如财富、婚姻、事业、工作等等。但是一个人的快乐，是有粗有细的，我在幼年的时候不用说，但自从有知以来，就认为，人生的快乐，就是知识的快乐，做研究的快乐，找真理的快乐，求证据的快乐。从求知识的欲望与方法中深深体会到人生是有限的，知识是无穷的，以有限的人生，去深求无穷的知识，实在是非常快乐的。

两千年前有一位政治家问孔子门人子路说："你的老师是怎样的人？"子路不答。后来孔子知道了，说："你为什么不告诉他，你的老师'其为人也，发愤忘食，乐以忘忧，不知老之将至。'"从孔子这句话，可以体会到知识的乐趣。希腊科学家阿基米德在澡堂洗澡时，想出了如何分析皇冠的金子成分的方法，高兴得赤身从澡堂里跳了出来，沿街跑去，口中喊着："我找到了，我找到了。"这就是说明知识的快乐，一旦发现证据或真理的快乐。英国两位大诗人勃朗宁和丁尼生有两首诗，都是代表十九世纪冒险的、追求新的知识的精神。

最后谈谈社会的宗教说，一个人总是有一种制裁的力量的，相信上帝的人，上帝是他的制裁力量。我们古代讲孝，于是孝便成了宗教，成了制裁。现在在台湾宗教很发达，有人信最高的神，有人信很多的神，许多人为了找安慰都走了宗教的道路。我说的社会宗教，乃是一种说法，中国古代有此种观念，就是三不朽：立德，是讲人格与道德；立功，就是建立功业；立言，就是思想语言。在外国也有三个，就是Worth，Work，Words。这三个不朽，没有上帝，亦没有灵魂，但却不十分民主。究竟一个人要立德，立功，立言到何种程度，我认为范围必须扩大，因为人的行为无论为善为恶都是不朽的。我国的古语："流芳百世，遗臭万年"，便是这个意思……因此，我们的行为，一言一动，均应向社会负责，这便是社会的宗教，社会的不朽……我们千万不能叫我们的行为在社会上产生坏的影响，因为即使我们死了，我们留下的坏的影响仍是永久存在的，"我们要一出言不敢忘社会的影响，一举步不敢忘社会的影响"。即使在社会上留一白点，我们也绝对不能留一点污点，社会即是我们的上帝，我们的制裁者。

人生问题

1903年，我只有十二岁，那年12月17日，有美国的莱特弟兄作第一次飞机试验，用很简单的机器试验成功，因此美国定12月17日为飞行节。12月17日正是我的生日，我觉得我同飞行有前世因缘。

我在前十多年，曾在广西飞行过十二天，那时我作了一首《飞行小赞》，这算是关于飞行的很早的一首辞。诸位飞过大西洋、太平洋，我在民国三十年，在美国也飞过四万英里①，这表示我同诸位不算很隔阂。

今天大家要我讲人生问题，这是诸位出的题目，我来交卷。

这是很大的问题，让我先下定义，但是定义不是我的，

① 1 英里：1.609 千米。

而是思想界老前辈吴稚晖的。他说：人为万物之灵，怎么讲呢？第一，人能够用两只手做东西。第二，人的脑部比一切动物的都大，不但比哺乳动物大，并且比人的老祖宗猿猴的还要大。有这能做东西的两手和比一切动物都大的脑部，所以说人为万物之灵。人生是什么？即是人在戏台上演戏，在唱戏。看戏有各种看法，即对人生的看法叫做人生观。但人生有什么意义呢？怎样算好戏？怎样算坏戏？我常想：人生意义就在我们怎样看人生。意义的大小浅深，全在我们怎样去用两手和脑部。人生很短，上寿不过百年，完全可用手脑做事的时候，不过几十年。有人说，人生是梦，是很短的梦。有人说，人生不过是肥皂泡。其实，就是最悲观的说法，也证实我上面所说人生的有没有意义，全看我们对人生的看法。就算他是做梦吧，也要做一个热闹的，轰轰烈烈的好梦，不要做悲观的梦。既然辛辛苦苦的上台。就要好好的唱个好戏，唱个像样子的戏，不要跑龙套。人生不是单独的，人是社会的动物，他能看见和想象他所看不到的东西，他有能看到上至数百万年下至子孙百代的能力。无论是过去，现在，或将来，人都逃不了人与人的关系。比如这一杯茶（讲演桌上放着一杯玻璃杯盛的茶）就包括多少人的供献，这些人虽然看不见，但从种茶，挑选，用自来水，自来水又包括电力等等，这有多少人的贡献，这就可以看出社会的意义。我们的一举一动，也都有社会的意义，譬如我随便往地上吐口痰，经太阳晒干，风一吹起，如果我有痨病，风可以把病菌带给几个人到无数人。我今天讲的话，诸位也许有人不注意，也许有人认为没道理，也许说胡适之胡说，是瞎说八道，也许有人因我的话而去看看书，也许竟一生受此影响。一句话，一句格言，都能影响人。我举一个极端的例子，两千五百年前，离尼泊尔不远地方，路上有一个乞丐死了，尸首正在腐烂。这时走来一位年轻的少爷叫Gotama，后来就是释迦牟尼佛，这位少爷是生长于深宫中不知穷苦的，他一看到尸首，问这是什么？人说这是死。他说："噢！原来死是这样子，我们都不能不死吗？"这位贵族少爷就回去想这问题，后来跑到森林中去想，想了几年，出来宣传他的学说，就是所谓佛学。这尸身腐烂一件事，就有这么大的影响。飞机在莱特兄弟做试验时，是极简单的东西，经四十年的工夫，多少人聪明才智，才发展到今天。我们一举一动，一言一行，一点行为都可以有永远不能磨灭的影响。几年来的战争，都是由希特勒的一本《我的奋斗》闯的祸，这一本书害了多少人？反过来说，一句好话，也可以影响无数人，我讲一个故事：民国元年，有一个英国人到我们学堂讲话，讲的内容很荒渗，但他的O字的发音，同普通人不一样，是尖声的，这也影响到我的O字发音，许多我的学生又受到我的影响。在四十年前，有一天我到一外国人家去，出来时鞋带掉了，那外国人提醒了我，并告诉我系鞋带时，把结头底下转一弯就不会掉了，我记住了这句话，并又告诉许多人，如今这外国人是死了，但他这句话已发生不可磨灭的影响。总而言之，从顶小的事情到顶大的像政治、经济、宗教等等，我们的一举一动都有不可磨灭的影响，尽管看不见，影响还是有。在孔夫子小时，有一位鲁国人说：人生有三不朽，且器立德，立功，立言。立德就是最伟大的人格，像耶稣、孔子等。立功就是对社会有贡献。立言包括思想和文学，最伟大的思想和文学都是不朽的。但我们不要把这句话看得贵族化，要看得平民化，比如皮鞋打结不散，吐痰，O的发音，都是不朽的。就是说：不但好的东西不朽，坏的东西也不朽，善不朽，恶亦不朽。一句好话可以影响无数人，一句坏话可以害死无数人。这就给我们一个人生标准，消极的我们不要害人，要懂得自己行为。积极的要使这社会增加一点好处，总要叫人家得我一点好处。再回来说，人生就算是做梦，也要做一个像样子的梦。宋朝的政治家王安石有一首诗，题目是《梦》。说："知世如梦无所求，无所求心普定寂，还似梦中随梦境，成就河沙梦功德。"不要丢掉这梦，要好好去做！即算是唱戏，也要好好去唱。

《科学与人生观》序

　　亚东图书馆主人汪孟邹先生近来把散见国内各种杂志上的讨论科学与人生观的文章搜集印行，总名为"科学与人生观"。我从烟霞洞回到上海时，这部书已印了一大半了。孟邹要我做一篇序。我觉得，在这空前的思想界大笔战的战场上，我要算一个逃兵了。我在本年三四月间，因为病体未复原，曾想把《努力周报》停刊；当时丁在君先生极不赞成停刊之议，他自己做了几篇长文，使我好往南方休息一会。我看了他的《玄学与科学》，心里很高兴，曾对他说，假使努力以后向这个新方向去谋发展，——假使我们以后为科学作战，——努力便有了新生命，我们也有了新兴趣，我从南方回来，一定也要加入战斗的。然而我来南方以后，一病就费去了六个多月的时间，在病中我只做了一篇很不庄重的《孙行者与张君劢》，此外竟不曾加入一拳一脚，岂不成了一个逃兵了？我如何敢以逃兵的资格来议论战场上各位武士的成绩呢？

但我下山以后，得遍读这次论战的各方面的文章，究竟忍不住心痒手痒，究竟不能不说几句话。一来呢，因为论战的材料太多，看这部大书的人不免有"目迷五色"的感觉，多作一篇综合的序论也许可以帮助读者对于论点的了解。二来呢，有几个重要的争点，或者不曾充分发挥，或者被埋没在这二十五万字的大海里，不容易引起读者的注意，似乎都有特别点出的需要。因此，我就大胆地作这篇序了。

一

这三十年来，有一个名词在国内几乎做到了无上尊严的地位；无论懂与不懂的人，无论守旧和维新的人，都不敢公然对他表示轻视或戏侮的态度。那个名词就是"科学"。这样几乎全国一致的崇信，究竟有无价值，那是另一个问题。我们至少可以说，自从中国讲变法维新以来，没有一个自命为新人物的人敢公然毁谤"科学"的，直到民国八九年间梁任公先生发表他的《欧游心影录》，科学方才在中国文字里正式受了"破产"的宣告。梁先生说：

> ……要而言之，近代人因科学发达，生出工业革命，外部生活变迁急剧，内部生活随而动摇，这是很容易看得出的。……依着科学家的新心理学，所谓人类心灵这件东西，就不过物质运动现象之一种。……这些唯物派的哲学家，托庇科学宇下建立一种纯物质的纯机械的人生观。把一切内部生活外部生活都归到物质运动的"必然法则"之下。……不唯如此，他们把心理和精神看成一物，根据实验心理学，硬说人类精神也不过是一种物质，一样受"必然法则"所支配。于是人类的自由意志不得不否认了。意志既不能自由，还有什么善恶的责任？……现今思想界最大的危机就在这一点。宗教和旧哲学既已被科学打得个旗靡帜乱，这位"科学先生"便自当仁不让起来，要凭他的试验发明个宇宙新大原理。却是那大原理且不消说，敢是各科的小原理也是日新月异，今日认为真理，明日已成谬见。新权威到底树立不来，旧权威却是不可恢复了。所以全社会人心，都陷入怀疑沉闷畏惧之中，好像失了罗针的海船遇着风雾，不知前途怎生是好。既然如此，所以那些什么乐利主义，强权主义越发得势。死后既没有天堂，只好尽这几十年尽情

地快活。善恶既没有责任，何妨尽我的手段来充满我个人欲望。然而享用的物质增加速率，总不能和欲望的升腾同一比例，而且没有法子令他均衡。怎么好呢？只有凭自己的力量自由竞争起来，质而言之，就是弱肉强食。近年来什么军阀，什么财阀，都是从这条路产生出来。这回大战争，便是一个报应。……

　　总之，在这种人生观底下，那么千千万万人前脚接后脚的来这世界走一趟住几十年，干什么呢？独一无二的目的就是抢面包吃。不然就是怕那宇宙物质运动的大轮子缺了发动力，特自来供给他燃料。果真这样，人生还有一毫意味，人类还有一毫价值吗？无奈当科学全盛时代，那主要的思潮，却是偏在这方面，当时讴歌科学万能的人，满望着科学成功，黄金世界便指日出现。如今功总算成了，一百年物质的进步，比从前三千年所得还加几倍。我们人类不唯没有得着幸福，倒反带来许多灾难。好像沙漠中失路的旅人，远远望见个大黑影，拼命往前赶，以为可以靠他向导，那知赶上几程，影子却不见了，因此无限凄惶失望。影子是谁，就是这位"科学先生"。欧洲人做了一场科学万能的大梦，到如今却叫起科学破产来。（《梁任公近著》第一辑上卷，页19~23。）

梁先生在这段文章里很动感情地指出科学家的人生观的流毒：他很明显地控告那"纯物质的纯机械的人生观"把欧洲全社会"都陷入怀疑沉闷畏惧之中"，养成"弱肉强食"的现状，——"这回大战争，便是一个报应"。他很明白地控告这种科学家的人生观造成"抢面包吃"的社会，使人生没有一毫意味，使人类没有一毫价值，没有给人类带来幸福，"倒反带来许多灾难"，叫人类"无限凄惶失望"。梁先生要说的是欧洲"科学破产"的喊声，而他举出的却是科学家的人生观的罪状；梁先生摭拾了一些玄学家诬蔑科学人生观的话头；却便加上了"科学破产"的恶名。

梁先生后来在这段之后，加上两行自注道：

读者切勿误会，因此菲薄科学，我绝不承认科学破产，不过也不承认科学万能罢了。

然而谣言这件东西，就同野火一样，是易放而难收的。自从《欧游心影录》发表之后，科学在中国的尊严就远不如前了。一般不曾出国门的老先生很高兴地喊着："欧洲科学破产了！梁任公这样说的。"我们不能说梁先生的话和近年同善社、悟善社的风行有什么直接的关系；但我们不能不说梁先生的话在国内确曾替反科学的势力助长不少的威风。梁先生的声望，梁先生那枝"笔锋常带情感"的健笔，都能使他的读者容易感受他的言论的影响。何况国中还有张君劢先生一流人，打着柏格森、倭铿、欧立克……的旗号，继续起来替梁先生推波助澜呢？

我们要知道，欧洲的科学已到了根深蒂固的地位，不怕玄学鬼来攻击了。几个反动的哲学家，平素饱餍了科学的滋味，偶尔对科学发几句牢骚话，就像富贵人家吃厌了鱼肉，常想尝尝咸菜豆腐的风味；这种反动并没有什么大危险。那光焰万丈的科学，决不是这个玄学鬼摇捍得动的。一到中国，便不同了。中国此书还不曾享着科学的赐福，更谈不到科学带来的"灾难"。我们试睁开眼看看：这遍地的乩坛道院，这遍地的仙方鬼照相，这样不发达的交通，这样不发达的实业，——我们那里配排斥科学？至于"人生观"，我们只有做官发财的人生观，只有靠天吃饭的人生观，只有求神问卜的人生观，只有《安士全书》的人生观，只有《太上感应篇》的人生观，——中国人的人生观还不曾和科学行见面礼呢！我们当这个时候，正苦科学的提倡不够，正苦科学的教育不发达，正苦科学的势力还不能扫除那迷漫全国的乌烟瘴气，——不料还有名流学者出来高唱"欧洲科学破产"的喊声，出来把欧洲文化破产的罪名归到科学身上，出来菲薄科学，历数科学家的人生观的罪状，不要科学在人生观上发生影响！信仰科学的人看了这种现状，能不发愁吗？能不大声疾呼出来替科学辩护吗？

这便是这一次"科学与人生观"的大论战所以发生的动

机。明白了这个动机，我们方才可以明白这次大论战在中国思想史上占的地位。

二

张君劢的人生观原文的大旨是：

> 人生观之特点所在，曰主观的，曰直觉的，曰综合的，曰自由意志的，曰单一性的。唯其有此五点，故科学无论如何发达，而人生观问题之解决，决非科学所能为力，唯赖诸人类之自身而以。

君劢叙述那五个特点时，处处排斥科学，处处用一种不可捉摸的语言——"是非各执，决不能施以一种试验"，"无所谓定义，无所谓方法，皆其自身良心之所命起而主张之"，"若强为分析，则必失其真义"，"皆出于良心之自动，而决非有使之然者"。这样一个大论战，却用一篇处处不可捉摸的论文作起点，这是一件大不幸的事。因为原文处处不可捉摸，故驳论与反驳都容易跳出本题。战线延长之后，战争的本意反不很明白了。（我常想，假如当日我们用了梁任公先生的"科学万能之梦"一篇作讨论的基础，我们定可以这次论争的旗帜格外鲜明，——至少可以免去许多无谓的纷争。）我们为读者计，不能不把这回论战的主要问题重说一遍。

　　君劢的要点是"人生观问题之解决，决非科学所能为力"。我们要答复他，似乎应该先说明科学应用到人生观问题上去，会产生什么样子的人生观；这就是说，我们应该先叙述"科学的人生观"是什么，然后再讨论这种人生观是否可以成立，是否可以解决人生观的问题，是否像梁先生说的那样贻祸欧洲，流毒人类。我总观这二十五万字的讨论，总觉得这一次为科学作战的人，——除了吴稚晖先生——都有一个共同的错误，就是不曾具体地说明科学的人生观是什么，却去抽象地力争科学可以解决人生观的问题。这个共同错误的原因，约有两种：第一，张君劢的导火线的文章内并不曾像梁任公那样明白指斥科学家的人生观，只是笼统地说科学对于人生观问题不能为力。因此，驳论与反驳论的文章也都走上那"可能与不可能"的笼统讨论上去了。例如丁在君的《玄学与科学》的主要部分只是要证明"凡是心理的内容，真的概念推论，无一不是科学的材料。"然而他却始终没有说出什么是"科学的人生观"。从此以后许多参战的学者都错在这一点上。如张君劢再论人生观与科学只主张"人生观超于科学以上"，"科学决不能支配人生"。如梁任公的人生观与科学只说"人生关涉理智方面的事项，绝对要用科学方法来解决；关于情感方面的事项，绝对的超科学"。如林宰平的《读丁在君先生的玄学与科学》只是一面承认"科学的方法有益于人生观"，一面又反对科学包办或管理

"这个最古怪的东西"——人类。如丁在君《答张君劢》也只是说明"这种（科学）方法，无论用在知识界的那一部分，都有相当的成绩，所以我们对于知识的信用，比对于没有方法的情感要好；凡有情感的冲动都要想用知识来指导他，使他发展的程度提高，发展的方向得当"。如唐擘黄心理现象与因果律只证明"一切心理现象都是有因的"。他的一个痴人的说梦只证明"关于情感的事项，要就我们的知识所及，尽量用科学方法来解决的"。王抚五的科学与人生观也只是说："科学是凭借'因果'和'齐一'两个原理而构造起来的；人生问题无论为生命之观念，或生活之态度，都不能逃出这两个原理的金刚圈，所以科学可以解决人生问题。"直到最后范寿康的《评所谓科学与玄学之争》，也只是说："伦理规范——人生观——一部分是先天的，一部分是后天的。先天的形式是由主观的直觉而得，决不是科学所能干涉。后天的内容应由科学的方法探讨而定，不是主观所应妄定。"

综观以上各位的讨论，人人都在那里笼统地讨论科学能不能解决人生问题或人生观问题。几乎没有一个人明白指出，假使我们把科学适用到人生观上去，应该产生什么样子的人生观。然而这个共同的错误大都是因为君劢的原文不曾明白攻击科学家的人生观，却只悬空武断科学决不能解决人生观问题。殊不知，我们若不先明白科学应用到人生观上去时发生的结果，我们如何能悬空评判科学能不能解决人生观呢？

这个共同的错误——大家规避"科学的人生观是什么"的问题——怕还有第二个原因，就是一班拥护科学的人虽然抽象地承认科学可以解决人生问题，却终不愿公然承认那具体的"纯物质，纯机械的人生观"为科学的人生观。我说他们"不愿"，并不是说他们怯懦不敢，只是说他们对于那科学家的人生观还不能像吴稚晖先生那样明显坚决的信仰，所以还不能公然出来主张。这一点确是这一次大论争的一个绝大的弱点。若没有吴老先生把他的"漆黑一团"的宇宙观和"人欲横流"的人生观提出来做个押阵大将，这一场大战争真成了一场混战，只闹的个一哄散场！

对于这一点，陈独秀先生的序里也有一段话，对于作战的先锋大将丁在君先生表示不满意。独秀说：

> 他（丁先生）自号存疑的唯心论，这是沿袭赫胥黎、斯宾塞诸人的谬误；你既承认宇宙有不可知的部分而存疑，科学家站开，且让玄学家来解疑。此所以张君劢说"既已存疑，则研究形而上界之玄学，不应有丑诋之词"。其实我们对于未发现的物质固然可以存疑，而对于超物质而独立存在并且可以支配物质的什么心（心即是物之一种表现），什么神灵与上帝，我们已无疑可存了。说我们武断也好，说我们专制也好，若无证据给我们看，我们断

然不能抛弃我们的信仰。

关于存疑主义的积极精神，在君自己也曾有明白的声明。（《答张君劢》，页12~23。）"拿证据来！"一句话确然是有积极精神的。但赫胥黎等在当用这种武器时，究竟还只是消极的防御居多。在十九世纪的英国，在那宗教的权威不曾打破的时代，明明是无神论者也不得不挂一个"存疑"的招牌。但在今日的中国，在宗教信仰向来比较自由的中国，我们如果深信现有的科学证据只能叫我们否认上帝的存在和灵魂的不灭，那么，我们正不妨老实自居为"无神论者"。这样的自称并不算是武断；因为我们的信仰是根据于证据的：等到有神论的证据充足时，我们再改信有神论，也还不迟。我们在这个时候，既不能相信那没有充分证据的有神论，心灵不灭论，天人感应论，……又不肯积极地主张那自然主义的宇宙观，唯物主义的人生观，……怪不得独秀要说"科学家站开！且让玄学家来解疑"了。吴稚晖先生便不然。他老先生宁可冒"玄学鬼"的恶名，偏要冲到那"不可知的区域"里去打一阵，他希望"那不可知区域里的假设，责成玄学鬼也带着论理色彩去假设着。"（《宇宙观及人生观》，页9。）这个态度是对的。我们信仰科学的人，正不妨做一番大规模的假设。只要我们的假设处处建筑在已知的事实之上，只要我们认我们的建筑不过是一种最满意的假设，可以跟着新证据修正的，——我们带着这种科学的态度，不妨冲进那不可知的区域里，正如姜子牙展开了杏黄旗，也不妨冲进十绝阵里去试试。

三

我在上文说的，并不是有意挑剔这一次论战场上的各位武士。我的意思只是要说，这一篇论战的文章只做了一个"破题"，还不曾做到"起讲"。至于"余兴"与"尾声"，更谈不到了。破题的功夫，自然是很重要的，丁在君先生的发难，唐擘黄先生等的响应，六个月的时间，二十五万字的煌煌大文，大吹大擂地把这个大问题捧了出来，叫乌烟瘴气的中国知道这个大问题的重要，——这件功劳真不在小处！

可是现在真有做"起讲"的必要了。吴稚晖先生的"一个新信仰的宇宙观及人生观"已经给我们做下一个好榜样。在这篇"科学与人生观"的"起讲"里，我们应该积极地提出什么叫做"科学的人生观"，应该提出我们所谓"科学的人生观"，好教将来的讨论有个具体的争点。否则你单说科学能解决人生观，他单说不能，势必至于吴稚晖先生说的"张、丁之战，便延长了一百年，也不会得到究竟。"因为若不先有一种具体的科学人生观作讨论的底子，今日泛泛地承认科学有解决人生观的可能，是没有用的。等到那"科学的人生观"的具体内容拿出来时，战线上的组合也许要起一个大大的变化。我的朋友朱经农先生是信仰科学"前程不可限量"的，然而他定不能承认无神论是科学的人生观。我的朋友林宰平先生是反对科学包办人生观的，然而我想他一定可以很明白地否认上帝的存在。到了那个具体讨论的时期，我们才可以说是真正开战。那时的反对，才是真正反对。那时的赞成，才是真正赞成。那时的胜利，才是真正胜利。

我还要再进一步说：拥护科学的先生们，你们虽要想规避那"科学的人生观是什么"的讨论，你们终于免不了的。因为他们早已正式对科学的人生观宣战了。梁任公先生的"科学万能之梦"，早已明白攻击那"纯物质的，纯机械的人生观"了。他早已把欧洲大战祸的责任加到那"科学家的新心理学"上去了。张君劢先生在《再论人生观与科学里》，也很笼统地攻击"机械主义"了。他早已说"关于人生之解释与内心之修养，当然以唯心派之言为长"了。科学家究竟何去何从？这时候正是科学家表明态度的时候了。

因此，我们十分诚恳地对吴稚晖先生表示敬意，因为他老先生在这个时候很大胆地把他信仰的宇宙观和人生观提出来，很老实地宣布他的"漆黑一团"的宇宙观和"人欲横流"的人生观。他在那篇大文章里，很明白地宣言："那种骇得煞人的显赫的名词，上帝呀，神呀，还是取销了好。"（页12。）很明白地"开除了上帝的名额，放逐了精神元素的灵魂。"（页29）很大胆地宣言："我以为动植物且本无感觉，皆止有其质力交推，有其辐射反应，如是而已。譬之于人，其质构而为如是之神经系，即其力生如是之反应。所谓情感，思想，意志等等，就种种反应而强为之名，美其名曰心理，神其事曰灵魂，质直言之曰感觉，其实统不过质力之相应。"（页22~23。）他在人生观里，很"恭敬地又好像滑稽地"说："人便是外面只剩两只脚，却得到了两只手，内面有三斤二两脑髓，五千零四十八根脑筋，比较占有多额神经系质的动物。"（页39。）"生者，演之谓也，如是云尔。"（页40。）

"所谓人生，便是用手用脑的一种动物，轮到'宇宙大剧场'的第亿垓八京六兆五万七千幕，正在那里出台演唱。"（页47。）

他老先生五年的思想和讨论的结果，给我们这样一个"新信仰的宇宙观及人生观"。他老先生很谦逊地避去"科学的"尊号，只叫他做"柴积上，日黄中的老头儿"的新信仰。他这个新信仰正是张君劢先生所谓"机械主义"，正是梁任公先生所谓"纯物质的纯机械的人生观"。他一笔勾销了上帝，抹煞了灵魂，戳穿了"人为万物之灵"的玄秘。这才是真正的挑战。我们要看那些信仰上帝的人们出来替上帝向吴老先生作战。我们要看那些信仰灵魂的人出来替灵魂向吴老先生作战。我们要看那些信仰人生的神秘的人们出来向这"两手动物演戏"的人生观作战。我们要看那些认爱情为玄秘的人们出来向这"全是生理作用，并无丝毫微妙"的爱情观作战。这样的讨论，才是切题的、具体的讨论。这才是真正开火。这样战争的结果，不是科学能不能解决人生的问题了，乃是上帝的有无，鬼神的有无，灵魂的有无，……等等人生切要问题的解答。只有这种具体的人生切要问题的讨论才可以发生我们所希望的效果，——才可以促进思想上的刷新。

反对科学的先生们！你们以后的作战，请向吴稚晖的"新信仰的宇宙观及人生观"作战。

拥护科学的先生们！你们以后的作战，请先研究吴稚晖的"新信仰的宇宙观及人生观"：完全赞成他的，请准备替他辩护，像赫胥黎替达尔文辩护一样；不能完全赞成他的，请提出修正案，像后来的生物学者修正达尔文主义一样。

从此以后，科学与人生观的战线上的压阵老将吴老先生要倒转来做先锋了！

四

说到这里，我可以回到张、丁之战的第一个"回合"了。张君劢说："天下古今之最不统一者，莫若人生观"。（《人生观》，页1。）丁在君说："人生观现在没有统一是一件事，永久不能统一又是一件事，除非你能提出事实理由来证明他是永远不能统一的，我们总有求他统一的义务。"（《玄学与科学》，页3。）"玄学家先存了一个成见，说科学方法不适用于人生观；世界上的玄学家一天没有死完，自然一天人生观不能统一。"（页4。）"统一"一个字，后来很引起一些人的抗议。例如林宰平先生就控告丁在君，说他"要把科学来统一一切"，说他"想用科学的武器来包办宇宙"。这种控诉，未免过于张大其词了。在君用的"统一"一个字，不过是沿用君劢文章里的话；他们两位的意思大概都不过是大同小异的一致罢了。依我个人想起来，人类的人生观总应该有一个最低限度的一致的可能。唐擘黄先生说的最好：人生观不过是一个人对于世界万物同人类的态度，这种态度是随着人的神经构造，经验，知识等而变的。神经构造等就是人生观之因，我举一二例来看。无因论者以为叔本华（Schopenhaunn）哈德门（Hartann）的人生观是直觉的，其实他们自己并不承认这事。他们都说根据经验阅历而来的。叔本华是引许多经验作证的，哈德门还要说他的哲学是从归纳法得来的。

人生观是因知识而变的。例如，哥白尼太阳居中说，同后来的达尔文的人猿同祖说发明以后，世界人类的人生观起绝大变动；这是无可疑的历史事实。若人生观是直觉的，无因的，何以随自然界的知识而变更呢？

我们因为深信人生观是因知识经验而变换的，所以深信宣传与教育的效果可以使人类的人生观得着一个最低限度的一致。

最重要的问题是：拿什么东西来做人生观的"最低限度的一致"呢？

我的答案是：拿今日科学家平心静气地，破除成见地，公同承认的"科学的人生观"做人类人生观的最低限度的一致。

宗教的功效已曾使有神论和灵魂不灭论统一欧洲（其实岂止欧洲！）的人生观至千余年之久。假使我们信仰的"科学的人生观"将来靠教育与宣传的功效，也能有"有神论"和"灵魂不灭论"在中世欧洲那样的风行，那样的普遍，那也可算是我所谓"大同而小异的一致"了。

我们若要希望人类的人生观逐渐做到大同而小异的一致，我们应该准备替这个新人生观作长期的奋斗。我们所谓"奋斗"，并不是像林宰平先生形容的"摩哈默得式"的武力统一；只是用光明磊落的态度，诚恳的言论，宣传我们的"新信仰"，继续不断的宣传，要使今日少数人的信仰逐渐变成将来大多数人的信仰。我们也可以说这是"作战"，因为新信仰总免不了和旧信仰冲突的事；但我们总希望作战的人都能尊重对方的人格，都能承认那些和我们信仰不同的人不一定都是笨人与坏人，都能在作战之中保持一种"容忍"（Toleration）的态度；我们总希望那些反对我们的新信仰的人，也能用"容忍"的态度来对我们，用研究的态度来考察我们的信仰。我们要认清：我们的真正敌人不是对方；我们的真正敌人是"成见"，是"不思想"。我们向旧思想和旧信仰作战，其实只是很诚恳地请求旧思想和旧信仰势力之下的朋友们起来向"成见"和"不思想"作战。凡是肯用思想来考察他的成见的人，都是我们的同盟！

五

总而言之，我们以后的作战计划是宣传我们的新信仰，是宣传我们信仰的新人生观。（我们所谓"人生观"，依唐擘黄先生的界说，包括吴稚晖先生所谓"宇宙观"。）这个新人生观的大旨，吴稚晖先生已宣布过了。我们总括他的大意，加上一点扩充和补充，在这里再提出这个新人生观的轮廓：

（1）根据于天文学和物理学的知识，叫人知道空间的无穷之大。

（2）根据于地质学及古生物学的知识，叫人知道时间的无穷之长。

（3）根据于一切科学，叫人知道宇宙及其中万物的运行变迁皆是自然的，——自己如此的——正用不着什么超自然的主宰或造物者。

（4）根据于生物的科学的知识，叫人知道生物界的生存竞争的浪费与残酷，——因此，叫人更可以明白那"有好生之德"的主宰的假设是不能成立的。

（5）根据于生物学，生理学，心理学的知识，叫人知道人不过是动物的一种，他和别种动物只有程度的差异，并无种类的区别。

（6）根据于生物的科学及人类学，人种学，社会学的知识，叫人知道生物及人类社会演进的历史和演进的原因。

（7）根据于生物的及心理的科学，叫人知道一切心理的现象都是有因的。

（8）根据于生物学及社会学的知识，叫人知道道德礼教是变迁的，而变迁的原因都是可以用科学方法寻求出来的。

（9）根据于新的物理化学的知识，叫人知道物质不是死的，是活的；不是静的，是动的。

（10）根据于生物学及社会学的知识，叫人知道个人——"小我"——是要死灭的，而人类——"大我"——是不死的，不朽的；叫人知道"为全种万世而生活"就是宗教，就是最高的宗教；而那些替个人谋死后的"天堂""净土"的宗教，乃是自私自利的宗教。

这种新人生观是建筑在二三百年的科学常识之上的一个大假设，我们也许可以给他加上"科学的人生观"的尊号。但为避免无谓的争论起见，我主张叫他做"自然主义的人生观"。

在那个自然主义的宇宙里，在那无穷之大的空间里，在那无穷之长的时间里，这个平均高五尺六寸，上寿不过百年的两手动物——人——真是一个藐乎其小的微生物了。在那个自然主义的宇宙里，天行是有常度的，物变是有自然法则的，因果的大法支配着他——人——的一切生活，生存竞争的惨剧鞭策着他的一切行为，——这个两手动物的自由真是很有限的了。然而在那个自然主义的宇宙里，这个渺小的两手动物却也有他的相当的地位和相当的价值。他用他的两手和一个大脑，居然能做出许多器具，想出许多方法，造成一点文化。他不但驯服了许多禽兽，他还能考究宇宙间的自然法则，利用这些法则来驾驭天行，到现在他居然能叫电气给他赶车，以太给他送信了。他的智慧的长进就是他的能力的增加；然而智慧的长进却又使他的胸襟扩大，想象力提高。他也曾拜物拜畜生，也曾怕神怕鬼，但他现在渐渐脱离了这种种幼稚的时期，他现在渐渐明白：空间之大只增加他对宇宙的美感；时间之长只使他格外祖宗创业之艰难；天行之有常只增加他制裁自然界的能力。甚至于因果律的笼罩一切，也并不见得束缚他的自由，因为因果律的作用一方面使他可以由因求果，由果推因，解释过去，预测未来；一方面又使他可以运用他的智慧，创造新因以求新果。甚至于生存竞争的观念也并不见得就使他成为一个冷酷无情的畜生，也许还可以格外增加他对于同类的同情心，格外使他深信互助的重要，格外使他注重人为的努力以减免天然竞争的残酷与浪费。——总而言之，这个自然主义的人生观里，未尝没有美，未尝没有诗意，未尝没有道德的责任，未尝没有充分运用"创造的智慧"的机会。

我这样粗枝大叶的叙述，定然不能使信仰的读者满意，或使不信仰的读者心服。这个新人生观的满意的叙述与发挥，那正是这本书和这篇序所期望能引起的。

人生有何意义

答某君书

……我细读来书，终觉得你不免作茧自缚。你自己去寻出一个本不成问题的问题，"人生有何意义？"其实这个问题是容易解答的。人生的意义全是各人自己寻出来、造出来的：高尚、卑劣、清贵、污浊、有用、无用，……全靠自己的作为。

生命本身不过是一件生物学的事实，有什么意义可说？一个人与一只猫，一只狗，有什么分别？人生的意义不在于何以有生，而在自己怎样生活。你若情愿把这六尺之躯葬送在白昼作梦之上，那就是你这一生的意义。你若发愤振作起来，决心去寻求生命的意义，去创造自己的生命的意义，那么，你活一日便有一日的意义，作一事便添一事的意义，生命无穷，生命的意义也无穷了。

总之，生命本没有意义，你要能给他什么意义，他就有什么意义。与其终日冥想人生有何意义，不如试用此生作点有意义的事……

为人写扇子的话

知世如梦无所求，无所求心普空寂。

还似梦中随梦境，成就河沙梦功德。

王荆公小诗一首，真是有得于佛法的话。认得人生如梦，故无所求。但无所求不是无为。人生固然不过一梦，但一生只有这一场做梦的机会，岂可不努力做一个轰轰烈烈像个样子的梦？岂可糊糊涂涂懵懵懂懂混过这几十年吗？

科学的人生观

今天讲的题目，就是"科学的人生观"，研究人是什么东西？在宇宙中占据什么地位？人生究竟有何意味？因为少年人近来觉得很烦闷，自杀、颓废的都有，我比较至少多吃了几斤盐，几担米，所以来计划计划，研究自身人的问题，至于人生观，各人不同，都随环境而改变，不可以一个人的人生观去统理一切；因为公有公理，婆有婆理；我们至少要以科学的立场，去研究它，解决它。"科学的人生观"有两个意思：第一拿科学做人生观的基础；第二拿科学的态度、精神、方法，做我们生活的态度，生活的方法。

现在先讲第一点，就是人生是什么？人生是啥物事？拿科学的研究结果来讲，我在民国十二年发表的十条，这十条就是武昌有一个主教，称为新的十诫，说我是中华基督教的危险物的。十条内容如下：

031

一、要知道空间的大

拿天文、物理考察，得着宇宙之大；从前孙行者翻筋斗，一翻翻到南天门，一翻翻到下界，天的观念，何等的小？现在从地球到银河中间的最近的一个星，中间距离，照孙行者一秒钟翻十万八千里的速率计算，恐怕翻一万万年也翻不到，宇宙是何等的大？地球是宇宙间的沧海之一粟，九牛之一毛；我们人类，更是小，真是不成东西的东西！以前看得人的地位太重了，以为是万物之灵，同大地并行，凡是政治不良，就有彗星、地震的征象，这是错的。从前王充很能见得到，说："一个虱子不能改变那裤子里的空气，和那人类不能改变皇天一样。"所以我们眼光要大。

二、时间是无穷的长

从地质学、生物学的研究，晓得时间是无穷的长，以前开口五千年，闭口五千年，以为目空一切；不料世界太阳系的存在，有几万万年的历史，地球也有几万万年，生物至少有几千万年，人类也有二三百万年，所以五千年占很小的地位。明白了时间之长，就可以看见各种进步的演变，不是上帝一刻可以造成的。

三、宇宙间自然的行动

根据了一切科学，知道宇宙、万物都有一定不变的自然行动。"自然自己，也是如此"，就是自己自然如此，各物自己如此的行动，并没有一种背后的指示，或是一个主宰去规范他们。明白了这点，对于月蚀是月亮被天狗所吞的种种迷信，可以打破了。

四、物竞天择的原理

从生物学的知识，可以看到物竞天择的原理，鲫鱼下卵有几百万个，但是变鱼的只有几个；否则就要变成"鱼世界"了！大的吃小的，小的又吃更小的，人类都是如此。从此晓得人生不受安排，是自己如此的行动；否则要安排起来，为什么不安排一个完善的世界呢？

五、人是什么东西

从社会学、生理学、心理学方面去看，人是什么东西？吴稚晖先生说："人是两手一个大脑的动物，与其他的不同在程度上的区别罢了。"人类的手，与鸡、鸭的掌差不多，实是他们的弟兄辈。

六、人类是演进的

根据了人种学来看，人类是演进的；因为要应付环境，所以要慢慢的变；不变不能生存，要灭亡了。所以从下等的动物，慢慢演进到高等的动物，现在还是演进。

七、心理受因果律的支配

根据了心理学、生物学来讲，心理现状是有因果律的。思想、做梦，都受因果律的支配，是心理、生理的现象，和头痛一般；所以人的心理说是超过一切，是不对的。

八、道德、礼教的变迁

照生理学、社会学来讲，人类道德、礼教也变迁的。以前以为脚小是美观，但是现在脚小要装大了。所以道德、礼教的观念，正在改进。以二十年、二百年或二千年以前的标准，来判断二十年、二百年、二千年后的状况，是格格不相入的。

九、各物都有反应

照物理、化学来讲，物质是活的，原子分为电子，是动的，石头倘然加了化学品，就有反应，像人打了一记，就有反动一样。不同的，只在程度不同罢了。

十、人的不朽

根据一切科学知识，人是要死的，物质上的腐败，和猫死狗死一般。但是个人不朽的工作，是功德：在立德，立功，立言。善恶都是不朽。一块痰中，有微生物，这菌能散布到空间，使空气都恶化了；人的言语，也是一样。凡是功业、思想，都能传之无穷；匹夫匹妇，都有其不朽的存在。

我们要看破人世间，时间之伟大，历史的无穷，人是最小的动物，处处都在演进，要去掉那小我的主张，但是那小小的人类，居然现在对于制度、政治各种都有进步。

以前都是拿科学去答复一切，现在要用什么方法去解决人生，就是哪样生活？各人有各人的方法，但是，至少要有那科学的方法、精神、态度去做。分四点来讲：

一、怀疑

第一点是怀疑，三个弗相信的态度，人生问题就很多。有了怀疑的态度，就不会上当。以前我们幼时的知识，都从阿金、阿狗、阿毛等黄包车夫、娘姨处学来；但是现在自己要反省，问问以前的智识是否靠得住？有此态度，对于什么各种主义都不致盲从了。

二、事实

我们要实事求是：现在像贴贴标语，什么打倒田中义一等，都仅务虚名，像豆腐店里生意不好，看看"对我生财"泄闷一样。又像是以前的画符，一画符病就好的思想。贴了打倒帝国主义，帝国主义就真个打倒了么？这不对，我们应做切实的工作，奋力的做去。

三、证据

怀疑以后，相信总要相信，但是相信的条件，就是拿凭据来，有了这一句，论理学诸书，都可以不读，赫胥黎的儿子死了以后，宗教家去劝他信教，但是他很坚决的说："拿有上帝的证据来！"有了这种态度，就不会上当。

四、真理

朝夕的去求真理，不一定要成功，因为真理无穷，宇宙无穷；我们去寻求，是尽一点责任，希望在总分上，加上万万分之一。胜固是可喜，败也不足忧。明知赛跑只有一个人第一，我们还要跑去，不是为我为私，是为大家。发明不是为发财，是为人类。英国有一个医生，发明了一种治肺的药。但是因为自秘，就被医学会开除了。

所以科学家是为求真理。庄子虽有"吾生也有涯，而知也无涯，以有涯逐无涯，殆已"的话头，但是我们还要向上做去，得一分就是一分，一寸就是一寸，可以有阿基米德氏发现浮力时叫"Eureka"的快活，有了这种精神，做人就不会失望。所以人生的意味，全靠你自己的工作；你要它圆就圆，方就方，是有意味；因为真理无穷，趣味无穷，进步快活也无穷尽。

工程师的人生观

究竟什么算是工程师的哲学呢？什么算是工程师的人生观呢？因为时间很短，我当然不能把这个大的题目讲得满意，只是提出几点意思，给现在的工程师同将来的工程师作个参考。法国从前有一位科学家柏格生（Bergson）说："人是制器的动物。"过去有许多人说："人是有效力的动物。"也有许多人说："人是理智的动物。"而柏格生说："人是能够制造器具的动物。"这个初造器具的动物，是工程师的老祖宗。什么叫做工程师呢？工程师的作用，在能够找出自然界的利益，强迫自然世界把它的利益一个一个贡献出来，就是改造自然、征服自然、控制自然，以减除人的痛苦，增加人的幸福。这是工程师哲学的简单说法。

大家都承认：学作工程师的，每天在课堂里面上应该上的课，在试验室里面作应该作的试验，也许忽略了最大的目标，或者忽略了真正的基本——工程师的人生观。所以这个题目，是值得我们考虑的。

昨天在工学院教授座谈会中，我说：我到了六十二岁，还不知道我专门学的什么。起初学农；以后弄弄文学，弄弄哲学，弄弄历史；现在搞《水经注》，人家说我改弄地理。也许六十五岁以后、七十岁的时候，说不定要到工学院作学生；只怕工学院的先生们不愿意收一个老学徒，说"老狗教不会新把戏"。今天在工学院作学生不够资格的人，要来谈谈现在的工程师同将来的工程师的人生观，实属狂妄，就是，有点大胆。不过我觉得我这个意思，值得提出来说说。人是能够制造器具的动物，别的动物，也有能够制造东西的，譬如：蜘蛛能够制造网，蜜蜂能够制造蜜糖，珊瑚虫能够制造珊瑚岛。而我们人同这些动物之所以不同，就是蜘蛛制造网的丝，是从肚子里出来的，它肚子里有无穷无尽的丝，蜜蜂采取百花，经一番制造，作成的确比原料高明的蜜糖：这些动物，可算是工程师；但是它的范围，它用的，只是它自己的本能。珊瑚虫能够做成很大的珊瑚岛，也是本能的。人，如果只靠他的本能，讲起来也是有限得很的！人与蜘蛛、蜜蜂、珊瑚虫所以不同，是在他充分运用聪明才智，揭发自然的秘密，来改造自然，征服自然，控制自然。控制自然，为的是什么呢？不是像蜘蛛织网，为的捕虫子来吃；人的控制自然为的是要减轻人的劳苦，减除人的痛苦，增加人的幸福，使人类的生活格外的丰富，格外有意义。这是

"科学与工业的文化"的哲学。我觉得柏格生这个"人"的定义，同我们刚才简单讲的工程师的哲学，工程师的人生观，工程师的目标，是值得我们随时想想，随时考虑的。

这个话同这个目标，不是外国来的东西，可以说是我们老祖宗在几百年，甚至几千年以前，就有了这种理想了。目前有些人提倡读经；我倒很愿意为工程师背几句经书，来说明这个理想。

人如何能控制自然，制造器具呢？人控制自然这个观念，无论东方的圣人贤人，西方的圣人贤人，都是同样有的。我现在提出我们古人的几句话，使大家知道工程师的哲学，并不是完全外来的洋货。我常常喜欢把《易经》"系辞"里面几句话翻成外国文给外国人看。这几句话是："见乃谓之象；形乃谓之器；制而用之谓之法；利用出人，民咸用之，谓之神。"看见一个意思，叫做象；把这个意象变成一种东西——形，叫做器；大规模的制造出来，叫做法；老百姓用工程师制造出来的这些器具，都说好呀！好呀！但是不晓得这器具是从一种意象来的，所以看见工程师便叫做神。

希腊神话，说火是从天上偷来的；中国历史上发明火的燧人氏被称为古帝之一——神。火，是一个大发明。发明火的人，是一个大工程师。我刚才所举《易》"系辞"，从一个观念——意象——造成器具，这个意思，是了不得的。人类历史上所谓文化的进步，完全在制造器具的进步。文化的时代，是照工程师的成绩划分的。人类第一发明是火；大体说来，火的发现是文化的开始。下去为石器时代。无论旧石器时代，新石器时代，都是人类用智慧把石头造成功器具的时候。再下去为青铜器时代。用钢制造器具，这是工程师最大的贡献。再下去为铁的时代。这是一个大的革命。后来把铁炼成钢。再下去发明蒸汽机，为蒸汽机时代。再下去运用电力，为电力的时代；现在为原子能时代：这都是制器的大进步。每一个大时代，都只是制器的原料与动力的大革命。从发明火以后，石器时代，铜器时代，铁器时代，电力时代，原子能时代；这些文化的阶段，都是依工程师所创造划分的。

这种理想，中国历史上，早就有了的。工学院水工试验室要我写字，我写了两句话。这两句话，是《荀子》"天伦篇"里面的。《荀子》"天伦篇"，是中国古代了不得的哲学，也就是西方柏格生征服自然、以为人用的思想。《荀子》"天伦篇"说："从天而颂之，孰与制天命而用之？大天而思之，孰与物蓄而制之？"这个文字，依照清代学者校勘，稍须改动。但意思没有改动。"从天而颂之"，是说服从自然。"从天而颂之，孰与制天命而用之。"两句话联起来说，意思是：跟着自然走而歌颂，不如控制自然来用。"大天而思之"，是问自然是怎样来的。"大天而思之，孰与物蓄而制之？"是说：问自然从哪里来的，不如把自然看成一种东西，养它，制裁它。把自然控制来用，中国思想史上只有荀子才说得这样彻底。从这两句话，也可以看出中国在两千二三百年前，就有控制天命——古人所谓天命，就是自然——把天命看作一种东西来用的思想。

"穷理致知"四个字，是代表七八百年前——十一世纪到十二世纪——宋朝的思想的。宋代程子、朱子提倡格物——穷理——的哲学。什么叫做"格物"呢？这有七十几种说法。今天我们不去研究这些说法。照程子朱子的解释，"格物"是"即物而穷其理。……即凡天下之物，莫不因其已知之理而益穷之，以求至乎其极。"这样的格物致知，可以扩大人的智识。程子说，"今天格一物，明天格一物，习而久之，自然贯通。"有人以范围问他；他说，"上自天地之高大，下至一草一木，都要格的。"这个范围，就是科学的范围，工程师的范围。

两千二三百年前，荀子就有"制天命而用之"的思想；七八百年前，程子、朱子就有格物——穷理——的哲学。这是科学的哲学，可算是工程师的哲学。我们老祖宗有这样的好思想、哲学，为什么不能作到科学工业的文化呢？简单一句话，我们不幸得很，二千五百年以前的时候，已经走上了自然主义的哲学一条路了。像老子、庄子，以及更后的淮南子，都是代表自然主义思想的。这种自然主义的哲学发达的太早，而自然科学与工业发达的太迟：这是中国思想史的大缺点。

刚才讲的，人是用智慧制造器具的动物。这样，人就要天天同自然界接触，天天动手动脚的，抓住实物，把实物来玩，或者打碎它，煮它，烧它。玩来玩去，就可以发现新的东西，走上科学工业的一条路。比方"豆腐"，就是把豆子磨细，用其他的东西来点，来试验；一次，二次，……经过许多次的试验，结果点成浆，做成豆腐；做成功豆腐还不够，还要做豆腐干，豆腐乳。豆腐的做成，很显然的，是与自然界接触，动手、动脚，多方试验的结果，不是对自然界看看，想想，或作一首诗恭维自然界就行了的。

顶好一个例子，是格物哲学到了明朝的一个故事。明朝有一位大哲学家王阳明，他说："照程子、朱子的说法，要做圣人，要'即物而穷其理'。'即物穷理'，你们没有试验过，我王阳明试验过了。"有一天，他同一位姓钱的朋友研究格物，并由钱先生动手格竹子，拿一个凳子坐在竹子旁边望，望了三天三夜，格不出来，病了。王阳明说："你不够做圣人，我来格。"也端把椅子对着竹子望；望了一天一夜，两天两夜，……到了七天七夜，王阳明也格不出来，病了。于是王阳明说："我们不配作圣人，不能格物。"从这个故事，可以看出传统的不动手动脚，拿天然实物来玩的习惯。今天工学院植物系的学生格竹子，是要把竹子劈开，用显微镜来细细的看，再加上颜色的水，作各种的试验，然后就可以判定竹子在工业上的地位。为什么王阳明格不出来，今天的工程师可以格出来？因王阳明没有动手动脚作器具的习惯，今天的工程师有动手动脚作器具的习惯。荀子"制天命而用之"的哲学，终敌不过老子，庄子"错（措）人而思天"的哲学。故程、朱的格物穷理的思想，终不能应用到自然界的实物上去，至多只能在"读书"上（文史的研究上）发生了一点功效。

今天送给各位工程师哲学的人生观，又约略讲一讲我们老祖宗为什么失败；为什么有了这样好的征服天然的理想，穷理致知的哲学，而没有造成功科学文化、工业文化。我们可以了解我们老祖宗让西方人赶上去了。同时，从西方人后来实现了我们老祖宗的理想，我们亦就可以知道，只要振作，是可以迎头赶上的。我们只要二十年，三十年的努力，就可以同世界上科学工业发达的国家站在一样的地位。

二十年前，中国科学社要我作一个社歌，后来请赵元任先生作了乐谱。今天我把这个东西送给各位工程师。这个社歌，一共三段十二句：

我们不崇拜自然。他是一个刁钻古怪；我们要捶他，煮他，要叫他听我们的指派。

我们要他给我们推车；我们要他给我们送信。我们要揭穿他的秘密，好叫他服事我们人。

我们唱天行有常，我们唱致知穷理。明知道真理无穷，进一寸有一寸的欢喜。

不朽——我的宗教

　　不朽有种种说法，但是总括看来，只有两种说法是真有区别的。一种是把"不朽"解作灵魂不灭的意思。一种就是《春秋左传》上说的"三不朽"。

　　（一）神不灭论。宗教家往往说灵魂不灭，死后须受末日的裁判：做好事的享受天国天堂的快乐，做恶事的要受地狱的苦痛。这种说法，几千年来不但受了无数愚夫愚妇的迷信，居然还受了许多学者的信仰。但是古今来也有许多学者对于灵魂是否可离形体而存在的问题，不能不发生疑问。最重要的如南北朝人范缜的《神灭论》说："形者神之质，神者形之用……神之于质，犹利之于刀；形之于用，犹刀之于利。……舍利无刀，舍刀无利。未闻刀没而利存，岂容形亡而神在？"宋朝的司马光也说："形既朽灭，神亦飘散，虽有判烧舂磨，亦无所施。"但是司马光说的"形既朽灭，神亦飘散"，还不免把形与神看作两件事，不如范缜说的更透切。范缜说人的神灵即是形体的作用，形体便是神灵的形质。正如刀子是形质，刀子的利钝是作用；有刀子方才有利钝，没有刀子便没有利钝。人有形体方才有作用：这个作用，我们叫做"灵魂"。若没有形体，便没有作用了，便没有灵魂了。范缜这篇《神灭论》出来的时候，惹起了无数人的反对。梁武帝叫了七十几个名士作论驳他，都没有什么真有价值的议论。其中只有沈约的《难〈神灭论〉》说："利若遍施四方，则利体无处复立；利之为用正存一边毫毛处耳。神之与形，举体若合，又安得同乎？若以此譬为尽耶，则不尽；若谓本不尽耶，则不可以为譬也。"这一段是说刀是无机体，人是有机体，故不能彼此相比。这话固然有理，但终不能推翻"神者形之用"的议论。近世唯物派的学者也说人的灵魂并不是什么无形体，独立存在的物事，不过是神经作用的总名；灵魂的种种作用都即是脑部各部分的机能作用；若有某部被损伤，某种作用即时废止；人幼年时脑部不曾完全发达，神灵作用也不能完全，老年人脑部渐渐衰耗，神灵作用也渐渐衰耗。这种议论的大旨，与范缜所说"神者形之用"正相同。但是有许多人总舍不得把灵魂打消了，所以咬住说灵魂另是一种神秘玄妙的物事，并不是神经的作用。这个"神秘玄妙"的物事究竟是什么，他们也说不出来，只觉得总应该有这么一件物事。既是"神秘玄妙"，自然不能用科学试验来证明他，也不能用科学试验来驳倒他。

既然如此，我们只好用实验主义（Pragmatism）的方法，看这种学说的实际效果如何，以为评判的标准。依此标准看来，信神不灭论的固然也有好人，信神灭论的也未必全是坏人。即如司马光、范缜、赫胥黎一类的人，说："不信灵魂不灭的话，何尝没有高尚的道德？更进一层说，有些人因为迷信天堂，天国，地狱，末日裁判，方才修德行善，这种修行全是自私自利的，也算不得真正道德。"总而言之，灵魂灭不灭的问题，于人生行为上实在没有什么重大影响；既没有实际的影响，简直可说是不成问题了。

（二）三不朽说。《左传》说的三种不朽是：（一）立德的不朽，（二）立功的不朽，（三）立言的不朽。"德"便是个人人格的价值，像墨翟、耶稣一类的人，一生刻意孤行，精诚勇猛，使当时的人敬爱信仰，使千百年后的人想念崇拜。这便是立德的不朽。"功"便是事业，像哥伦布发现美洲，像华盛顿造成美洲共和国，替当时的人开一新天地，替历史开一新纪元，替天下后世的人种下无量幸福的种子。这便是立功的不朽。"言"便是语言著作，像那《诗经》三百篇的许多无名诗人，又像陶潜杜甫莎士比亚易卜生一类的文学家，又像柏拉图、卢梭、密尔一类的文学家，又像牛顿、达尔文一类的科学家，或是做了几首好诗使千百年后的人欢喜感叹；或是做了几本好戏使当时的人鼓舞感动，使后世的人发愤兴起；或是创出一种新哲学或是发明了一种新学说，或在当时发生思想的革命，或在后世影响无穷。这便是立言的不朽。总而言之，这种不朽说，不问人死后灵魂能不能存在，只问他的人格，他的事业，他的著作有没有永远存在的价值。即如基督教徒说耶稣是上帝的儿子，他的灵魂永远存在，我们正不用驳这种无凭据的神话，只说耶稣的人格，事业和教训都可以不朽，又何必说那些无谓的神话呢？又如孔教会的人到了孔丘的生日，一定要举行祭孔的典礼，还有些人学那"朝山进香"的法子，要赶到曲阜孔林去对孔丘的神灵表示敬意！其实孔丘的不朽全在他的人格与教训，不在他那"在天之灵"。更进一步说，像那《三百篇》里的诗人，也没有姓名，也没有事实，但是他们都可说是立言的不朽。为什么呢？因为不朽全靠一个人的真价值，并不靠姓名事实的流传，也不靠灵魂的存在。试看古今来的多少大发明家，那发明火的，发明养蚕的，发明缫丝的，发明织布的，发明水车的，发明舂米的水碓的，发明规矩的，发明秤的，……虽然姓名不传，事实湮没，但他们的功业永远存在，他们也就都不朽了。这种不朽比那个人的小小灵魂的存在，可不是更可宝贵，更可羡慕吗？况且那灵魂的有无还在不可知之中，这三种不朽——德、功、言——可是实在的。这三种不朽可不是比那灵魂的不灭更靠得住吗？

以上两种不朽论，依我个人看来，不消说得，那"三不朽说"是比那"神不灭说"好得多了。但是那"三不朽说"还有三层缺点，不可不知。第一，照平常的解说看来，那些真能不朽的人只不过那极少数有道德，有功业，有著述的人。还有那无量平常人难道就没有不朽的希望吗？世界上能有几个墨翟、耶稣，几个哥伦布、华盛顿，几个杜甫、陶潜，几个牛顿、达尔文呢？这岂不成了一种"寡头"的不朽论吗？第二，这种不朽论单从积极一方面着想，但没有消极的裁制。那种灵魂的不朽论既说有天国的快乐，又说有地狱的苦楚，是积极消极两方面都顾着的。如今单说立德可以不朽，不立德又怎样呢？立功可以不朽，有罪恶又怎样呢？第三，这种不朽论所说的"德，功，言"三件，范围都很含糊。究竟怎样的人格方才可算是"德"呢？怎样的事业方才可算是"功"呢？怎样的著作方才可算是"言"呢？我且举下个例。哥伦布发现美洲固然可算得立了不朽之功，但是他船上的水手火头又怎样呢？他那只船的造船工人又怎样呢？他船上用的罗盘器械的制造工人又怎样呢？他所读的书的著作者又怎样呢？……举这一条例，已可见"三不朽"的界限含糊不清了。

因为要补足这三层缺点，所以我想提出第三种不朽论来请大家讨论。我一时想不起别的好名字，姑且称他做"社会的不朽论"。

（三）社会的不朽论。社会的生命，无论是看纵剖面，是看横截面，都像一种有机的组织。从纵剖面看来，社会的历史是不断的；前人影响后人，后人又影响更后人；没有我们的祖宗和那无数的古人，又那里有今日的我和你？没有今日的我和你，又那里有将来的后人？没有那无量数的个人，便没有历史，但是没有历史，那无数的个人也决不是那个样子的个人；总而言之，个人造成历史，历史造成个人。从横截面看来，社会的生活是交互影响的：个人造成社会，社会造成个人。社会的生活全靠个人分工合作的生活，但个人的生活，无论如何不同，都脱不了社会的影响；若没有那样这样的社会，决不会有这样那样的我和你；若没有无数的我和你，社会也决不是这个样子。莱布尼茨（Leibnitz）说得好：这个世界乃是一片大充实，其中一切物质都是接连着的。一个大充实里面有一点变动，全部的物质都要受影响，影响的程度与物体距离的远近成正比例。世界也是如此。每一个人不但直接受他身边亲近的人的影响，并且间接又间接的受距离很远的人的影响。所以世间的交互影响，无论距离远近，都受得着的。所以世界上的人，每人受着全世界一切动作的影响。如果他有周知万物的智慧，他可以在每人的身上看出世间一切施为，无论过去未来都可看得出，在这一个现在里面便有无穷时间空间的影子。

从这个交互影响的社会观和世界观上面，便生出我所说的"社会的不朽论"来。我这"社会的不朽论"的大旨是：我这个"小我"不是独立存在的，是和无量数小我有直接或间接的交互关系的；是和社会的全体和世界的全体都有互为影响的关系的；是和社会世界的过去和未来都有因果关系的。种种从前的因，种种现在无数"小我"和无数他种势力所造成的因，都成了我这个"小我"的一部分。我这个"小我"，加上了种种从前的因，又加上了种种现在的因，传递下去，又要造成无数将来的"小我"。这种种过去的"小我"，和种种现在的"小我"，和种种将来无穷的"小我"，一代传一代，一点加一滴；一线相传，连绵不断；一水奔流，滔滔不绝：——这便是一个"大我"。"小我"是会消灭的，"大我"是永远不灭的。"小我"是有死的，"大我"是永远不死，永远不朽的。"小我"虽然会死，但是每一个"小我"的一切作为，一切功德罪恶，一切语言行事，无论大小，无论是非，无论善恶，——都永远留存在那个"大我"之中。那个"大我"，便是古往今来一切"小我"的纪功碑，彰善祠，罪状判决书，孝子慈孙百世不能改的恶溢法。这个"大我"是永远不朽的，故一切"小我"的事业，人格，一举一动，"一言一笑，一个念头，一场功劳，一桩罪过，也都永远不朽"。这便是社会的不朽，"大我"的不朽。

那边"一座低低的土墙，遮着一个弹三弦的人"。那三弦的声浪，在空间起了无数波澜；那被冲动的空气质点，直接间接冲动无数旁的空气质点；这种波澜，由近而远，至于无穷空间；由现在而将来，由此刹那以至于无量刹那，至于无穷时间——这已是不灭不朽了。那时间，那"低低的土墙"外边来了一位诗人，听见那三弦的声音，忽然起了一个念头；由这一个念头，就成了一首好诗；这首好诗传诵了许多；人人读了这诗，各起种种念头；由这种种念头，更发生无量数的念头，更发生无数的动作，以至于无穷。然而那"低低的土墙"里面那个弹三弦的人又如何知道他所发生的影响呢?

一个生肺病的人在路上偶然吐了一口痰。那口痰被太阳晒干了，化为微尘，被风吹起中，东西飘散，渐吹渐远，至于无穷时间，至于无穷空间。偶然一部分的病菌被体弱的人呼吸进去，便发生肺病，由他一身传染一家，更由一家传染无数人家。如此辗转传染，至于无穷空间，至于无穷时间。然而那先前吐痰的人的骨头早已腐烂了，他又如何知道他所种的恶果呢?

一千五六百年前有一个人叫做范缜说了几句话道："神之于形，犹利之于刀；未闻刀没而利存，岂容形亡而神在？"这几句话在当时受了无数人的攻击。到了宋朝有个司马光把这几句话记在他的《资治通鉴》里。一千五六百年之后，有一个十一岁的小孩子——就是我——看《通鉴》里这几句话，心里受了一大感动，后来便影响了他半生的思想行事。然而那说话的范缜早已死了一千五六百年了！

二千六七百年前，在印度地方有一个穷人病死了，没人收尸，尸首暴露在路上，已腐烂了。那边来了一辆车，车上坐着一个王太子，看见了这个腐烂发臭的死人，心中起了一念；由这一念，辗转发生无数念。后来那位王太子把王位也抛了，富贵也抛了，父母妻子也抛了，独自去寻思一个解脱生老病死的方法。后来这位王子便成了一个教主，创了一种哲学的宗教，感化了无数人。他的影响势力至今还在；将来即使他的宗教全灭了，他的影响势力终久还存在，以至于无穷。这可是那腐烂发臭的路毙所曾梦想到的吗？

以上不过是略举几件事，说明上文说的"社会的不朽"，"大我的不朽"。这种不朽论，总而言之，只是说个人的一切功德罪恶，一切言语行事，无论大小好坏——都留下一些影响在那个"大我"之中——都与这永远不朽的"大我"一同永远不朽。

上文我批评那"三不朽论"的三层缺点：（一）只限于极少数的人，（二）没有消极的裁制，（三）所说"功，德，言，"的范围太含糊了。如今所说"社会的不朽"，其实只是把那"三不朽论"的范围更推广了。既然不论事业功德的大小，一切都可不朽，那第一第三两短处都没有了。冠绝古今的道德功业固可以不朽，那极平常的"庸言庸行"，油盐柴米的琐屑，愚夫愚妇的细事，一言一笑的微细，也都永远不朽。那发现美洲的哥伦布固可以不朽，那些和他同行的水手火头，造船的工人，造罗盘器械的工人，供给他粮食衣服银钱的人，他所读的书的著作家，生他的父母，生他父母的父母祖宗，以及生育训练那些工人商人的父母祖宗，以及他以前和同时的社会，……都永远不朽。社会是有机的组织，那英雄伟人可以不朽，那挑水的，烧饭的，甚至于浴堂里替你擦背的，甚至于每天替你家掏粪倒马桶的，也都永远不朽。至于那第二层缺点，也可免去。如今说立德不朽，行恶也不朽；立功不朽，犯罪也不朽；"流芳百世"不朽，"遗臭万年"也不朽；功德盖世因是不朽的善因，吐一口痰也有不朽的恶果。我的朋友李守常先生说得好："稍一失脚，必致遗留层层罪恶种子于未来无量的人，——即未来无量的我，——永不能消除，永不能忏悔。"这就是消极的裁制了。

中国儒家的宗教提出一个父母的观念，和一个祖先的观念，来做人生一切行为的裁制力。所以说："一出言而不敢忘父母，一举足而不敢忘父母。"父母死后，又用丧礼祭礼等等见神见鬼的方法，时刻提醒这种人生行为的裁制力。所以又说："斋明盛服，以承祭祀，洋洋乎如在其上，如在其左右。"又说："斋三日，则见其所为斋者；祭之日，入室，接然必有见乎其位；周还出户，肃然必有闻乎其容声；出户而听，忾然必有闻乎其叹息之声。"这都是"神道设教"，见神见鬼的手段。这种宗教的手段在今日是不中用了。还有那种"默示"的宗教，神权的宗教，崇拜偶像的宗教，在我们心里也不能发生效力，不能裁制我们一生的行为。以我个人看来，这种"社会的不朽"观念很可以做我的宗教了。我的宗教的教旨是：我这个现在的"小我"，对于那永远不朽的"大我"的无穷过去，须负重大的责任。对于那永远不朽的"大我"的无穷未来，也须负重大的责任。我须要时时想着，我应该如何努力利用现在的"小我"，方才可以不辜负了那"大我"的无穷过去，方才可以不遗害那"大我"的无穷未来？

我所提倡的拜金主义

吴稚晖先生在今年五月底曾对我说："适之先生，你千万再不要提倡那害人误国的国故整理了。现在最要紧的是要提倡一种纯粹的拜金主义。"

我因为个人兴趣上的关系，大概还不能完全抛弃国故的整理。但对于他说的拜金主义的提倡，我却表示二十四分的赞成。

拜金主义并没有什么深奥的教旨，吴稚晖先生在他的《一个新信仰的宇宙观与人生观》里，曾发挥过这种教义。简单说来，拜金主义只有三个信条：

第一，要自己能挣饭吃。

第二，不可抢别人的饭吃。

第三，要能想出法子来，开出生路来，叫别人有挣饭吃的机会。

《珠砂痣》里有一句说白："原来银子是一件好宝贝。"这就是拜金主义的浅说。银子为什么是一件好宝贝呢？因为没有银子便是贫穷，贫穷便是一切罪恶的来源。《珠砂痣》里那个男子因为贫穷，便肯卖妻子，卖妻子便是一桩罪恶。你仔细想想，哪一件罪恶不是由于贫穷的？小偷、大盗、扒儿手、绑票、卖姐、贪赃、卖国，哪一件不是由于贫穷？

所以古人说：衣食足而后知荣辱，仓廪实而后知礼节。

这便是拜金主义的人生观。

一班瞎了眼睛，迷了心头孔的人，不知道人情是什么，偏要大骂西洋人，尤其是美国人，骂他们"崇拜大拉"（Worship the dollar）！你要知道，美国人因为崇拜大拉，所以已经做到了真正"夜不闭户，路不拾遗"的理想境界了。（几个大城市里自然还有罪恶，但乡间真能夜不闭户，路不拾遗是西洋的普遍现状。）

我们不配骂人崇拜大拉；请回头看看我们自己崇拜的是什么！

一个老太婆，背着一只竹箩，拿着一根铁扦，天天到弄堂里去扒垃圾堆，去寻那垃圾堆里一个半个没有烧完的煤球，一寸两寸稀烂奇脏的破布。——这些人崇拜的是什么！

要知道，这种人连半个没有烧完的煤球也不肯放过，还能有什么"道德""牺牲""廉洁""路不拾遗"？

所以现今的要务是要充分提倡拜金主义，提倡人人要能挣饭吃。

　　上海青年会里的朋友们，现在办了一种职业学校，要造成一些能自己挣饭吃的人才，这真是大做好事，功德无量。我想社会上一定有些假充道学的人，嫌这个学校的拜金气味太重，所以写这篇短文，预先替他们做点辩护。

给北大哲学系毕业生纪念赠言

一个大学里，哲学系应该是最不时髦的一系，人数应该最少。但北大的哲学系向来有不少的学生，这是我常常诧异的事。我常常想，这许多学生，毕业之后，应该做些什么事？能够做些什么事？

现在你们都快毕业了。你们自然也在想："我们应该做些什么？我们能够做些什么？"

依我的愚见，一个哲学系的目的应该不是叫你们死读哲学书，也不是教你们接受某派某人的哲学。

禅宗有个和尚曾说："达摩东来，只是要寻求一个不受人惑的人。"我想借用这句话来说："哲学教授的目的也只是要造就几个不受人惑的人。"

你们应该做些什么？你们应该努力做个不受人惑的人。

你们能做个不受人惑的人吗？这个全凭自己的努力。

如果你们不敢十分自信，我这里有一件小小的法宝，送给你们带去做一件防身的工具。这件法宝只有四个字："拿证据来！"

这里还有一只小小的锦囊，装作这件小小法宝的用法："没有证据，只可悬而不断；证据不够，只可假设，不可武断；必须等到证实之后，方才可以算作定论。"

必须自己能够不受人惑，方才可以希望指引别人不受人诱。

朋友们，大家珍重！

人生知识的准备

一

在这个值得纪念的仪式完毕之后，你们就被列入少数特权分子之列——大学毕业生。今天并不是标示着人生一段时期的结束或完毕，而是一个新生活的开始，一个真正生活和真正充满责任的开端。

大家对你们作为大学生毕业生的，总期望会与平常人有所不同，和大多数没有念过大学的人有所不同。他们预料你们的言行会有怪异之处。

你们有些人或许不喜欢人家把你们视为与众不同，言行怪异的人。你们或许想要和群众混在一起，不分彼此。

让我们向你们保证，要回到群众中间，使人不分彼此，是一件容易做到的事。假如你们有这个愿望，你们随时都可以做到，你们随时都可以成为一个"好伙伴"，一个"易于相处的人"——而人们，包括你们自己，马上就会忘记你们曾经念过大学这回事。

虽然大学教育当然不该把我们造成为"势利之徒"和"古怪的人"，可是我们大学毕业生一直保留一点儿与众不同的标志，却也不是一件坏事。这一点儿与众不同的标志，我相信，是任何学术机构的教育家所最希望造成的。

大学男女学生与众不同的这个标志是什么呢？多数教育家都很可能会同意的说，那是一个多少受过训练的脑筋——一个多少有规律的思想方式——这会使得，也应当使得，受大学教育的人显出有些与众不同的地方。

一个头脑受过训练的人在看一件事时用批判和客观的态度，而且也用适当的知识学问为凭依。他不容许偏见和个人的利益来影响他的判断，左右他的观点。他一直都是好奇的，但是他绝对不会轻易相信人。他并不仓促的下结论，也不轻易的附合他人的意见，他宁愿耽搁一段时间，一直等到他有充分的时间来查事实和证据后，才下结论。

总而言之，一个受过训练的头脑，就是对于易陷入于偏见、武断和盲目接受传统与权威的陷阱，存有戒心和疑惧。同时，一个受过训练的脑筋不是消极或是毁灭性的。他怀疑人并不是喜欢怀疑的缘故；也并不是认为"所有的话都有可疑之处，所有的判断都有虚假之处"。他之所以怀疑是为了确切相信一件事。为了要根据更坚固的证据和更健全的推理为基础，来建立或重新建立信仰。

你们四年的研究和实验工作一定教过你们独立思考、客观判断、有系统的推理，和根据证据来相信某一件事的习惯。这些就是，也应当是，标示一个人是大学生的标志。就是这些特征才使你们显得"与众不同"和"怪异"，而这些特征可能会使你们不孚众望或不受欢迎，甚至为你们社会里大多数人所畏避和摒弃。

可是，这些有点令人烦恼的特点却是你们母校于你们居留在此时间中，所教导你们而为此最感觉自豪的事。这些求知习惯的训练，如果我没有判断错误的话，也就是你们在大学里有责任予以培养起来的，回家时从这个校园里所带走的，并且在你们整个一生和在你们一切各种活动中，所继续不断的实行和发展的。

伟大的英国科学家，同时也是哲学家的赫胥黎（Thomas H.Huxley）曾说过："一个人一生中最神圣的行为就是口里讲，内心深感觉到这句话：'我相信某件事是实在的。'紧附在那个行为上的是人生存在世上一切最大的报酬和一切最严重的责罚。"要成功的完成这一个"最神圣的行为"，那应用在判断、思考和信仰上的思想训练和规律是必要的。

所以在这一个值得纪念的日子，你们必须问自己的第一个问题就是：我是否获得所期望于为一个受大学教育的我所该有的充分知识训练吗？我的头脑是否有充分的装备和准备来做赫胥黎所说的"一个人一生中最神圣的行为"？

二

我们必须要体会到"一个人一生中最神圣的行为"也同时是我们日常所需做的行为。另一个英国哲学家密尔（John Stuart Mill）曾说过："各个人每天每时每刻都需要确切证实他所没有直接观察过的事情……法官、军事指挥官、航海人员、医师、农场经营者（我们还可以加上一般的公民和选民）的事，也不过是将证据加以判断，并按照判断采取行动……就根据他们做法（思考和推论）的优劣，就可以决定他们是否尽其分内的职责。这是头脑所不停从事的职责。"

由于人人每日每时都需要思考，所以人在思考时，极容易流于疏忽，漠不关心，和习惯性的态度。大学教育毕竟难以教给我们一整套精通与永久适用的求知习惯，原因是其所需的时间远超过大学的四年。大学毕业生离开了他的实验室和图书馆，往往感觉到他已经工作得太劳累，思考得太辛苦，毕业后应当享受到一种可以不必求知识的假期。他可能太忙或者太懒，而无法把他在大学里刚学到而还没有精通的知识训练继续下去。他可能不喜欢标榜自己为受过大学教育"好炫耀博学的人"。他可能发现讲幼稚的话与随和大众的反应是一种调剂，甚至是一种愉快的事。无论如何，大学毕业生离开大学之后，最普遍的危险就是溜回到怠惰和懒散方式的思考和信仰。

所以大学生离开学校后，最困难的问题就是如何继续培养精稔实验室研究的思考态度和技术，以便将这种思考的态度和技术扩展到他日常思想、生活、和各种活动上去。

天下没有一个普遍适用以提防这种懒病复发的公式。但是我们仍然想献给列位一个简单的妙计，这个妙计对我自己和对我的学生和朋友都很实用。

我所想要建议的是各个大学毕业生都应当有一个或两个或更多足以引起兴趣和好奇心的疑难问题，借以激起他的注意、研究、探讨，或实验的心思。你们大家都知道的，一切科学的成就都是由于一个疑难的问题碰巧激起某一个观察者的好奇心和想像力所促成的。有人说没有装备良好的图书馆和实验室是无法延续求知的兴趣。这句话是不确实的。请问阿基米德、伽利略、牛顿、法拉第，或者甚至达尔文或巴斯德究竟有什么实验室或图书馆的装备呢？一个大学毕业生所需要的仅是一些会激起他的好奇心，引起他的求知欲和挑激他的想法求解决的有趣的难题。那种挑激引发的性质就足够引致他搜集资料、触类旁通、设计工具，和建立简单而适用的试验和实验室。一个人对于一些引人好奇的难题不发生兴趣的话，就是处在设备良好的实验室和博物馆中，知识上也不会有任何发展。

四年的大学教育所给予我们的，毕业只不过是已经研究出来和尚未研究出来的学问浩瀚范围的一瞥而已。不管我们主修的是哪一个科目，我们都不应当有自满的感觉，以为在我们专门科目范围内，已经没有不解决的问题存在。凡是离开母校大门而没有带一两个知识上的难题回家去，和一两个在他清醒时一直缠绕着他的问题，这个人的知识生活可以说是已经寿终正寝了。

这是我给你们的劝告：在这一个值得纪念的日子里，你们该花费几分钟，为你们自己列一个知识的清单，假如没有一两个值得你们下决心解决的知识难题，就不轻易步入这个大世界。你们不能带走你们的教授，也不能带走学校的图书馆和实验室。可是你们带走几个难题。这些难题时刻都会使你们知识上的自满和怠惰下来的心受到困扰。除非你们向这些难题进攻，并加以解决，否则你们就一直不得安宁。那时候，你们看吧，在处理和解决这些小难题的时候，你们不但使你们思考和研究的技术逐渐纯熟和精稔，而且同时开拓出知识的新地平线并达到科学的新高峰。

三

这种一直有一些激起好奇心和兴趣疑难问题来刺激你们的小妙计有许多功用。这个妙计可使你们一生中对研究学问的兴趣永存不灭，可开展你们新嗜好的兴趣，把你们日常生活提高到超过惯性和苦闷的水准之上。常常在沉静的夜里，你们突然成功的解决了一个讨厌的难题而很希望叫醒你们的家人，对他们叫喊着说："我找到了，我找到了！"那时候给你们的是知识上的狂喜和很大的乐趣。

但是这种自找问题和解决问题方式最重要的用处，是在于用来训练我们的能力，磨炼我们的智慧，而因此使我们能精稔实验与研究的方法和技术。对思考技术的精稔可能引使你们达到创造性的知识高峰；但是也同时会渐渐的普遍应用在你们整个生活上，并且使你们在处理日常活动时，成为比较懂得判断的人，会使你们成为更好的公民，更聪明的选民，更有知识的报纸读者，成为对于目前国家大事或国际大事一个更为胜任的评论者。

这个训练对于为一个民主国家里公民和选民的你们是特别重要的。你们所生活的时代是一片充满了惊心动魄事件的时代，一个势要毁灭你们政府和文化根基的战争时代。而从各方面拥集到你们身上的是强有力不让人批驳的思想形态，巧妙的宣传，以及随意歪曲的历史。希望你们在这个要把人弄得团团转的旋风世界中，要建立起你们的判断力，要下自己的决心，投你们的票，和尽你们的本分。

有人会警告你们要特别提高警惕，以提防邪恶宣传的侵袭。可是你们要怎样做才能防御宣传的侵入呢？因为那些警告你们的人本身往往就是职业的宣传员，只不过他们罐头上所用的是不同的商标；但这些罐头里照样是陈旧的和不准批驳的东西。

例如，有人告诉你们，上次世界大战所有一切唯心论的标语，像"为世界民主政治的安全而战"和"以战争来消弭战争"这些话，都是想讨人欢喜的空谈和烟幕而已。但是揭露这件事的人也就是宣传者，他要我们全体都相信美国之参加上次世界大战是那些"担心美元英镑贬值"放高利贷者和发战争财者所促成的。

再看另一个例子。你们是在一个信仰所培养之下长大起来的。这些信仰就是相信你们的政府形式，属于人民的政府，尊敬个人的自由特别是相信那保护思想、信仰、表达，和出版等自由的政府形式是人类最伟大的成就之一；但是我们这一代的新先知们却告诉你们说，民主的代议政府仅是资本主义制度下的一个必然的副产品，这个制度并没有实质的优点，也没有永恒的价值；他们又说个人的自由并不一定是人们所希求的；为了集体的福利和权力的利益起见，个人的自由应当视为次要的，甚至应当加以抑压下去的。

这些和许多其他相反的论调到处都可以看到听到，都想要迷惑你们的思想，麻木你们的行动。你们需要怎么样准备自己来对付一切所有这些相反的论调呢？当然不会是紧闭着眼睛不看，掩盖着耳朵不听吧。当然也不会躲在良好的古老传统信仰的后面求庇护吧，因为受攻击和挑衅的就是古老的传统本身。当然也不会是诚心诚意的接受这种陈腔烂调和不准批驳的思想和信仰的体系，因为这样一个教条式的思想体系可能使你们丢失了很多的独立思想，会束缚和奴役你们的思想，以致从此之后，你们在知识上说，仅是机械一个而已。

你们可能希望能保持精神上的平衡和宁静，能够运用你们自己的判断，唯一的方法就是训练你们的思想，精稔自由沉静思考的技术。使我们更充分了解知识训练的价值和功效的就是在这知识困惑和混乱的时代。这个训练会使我们能够找到真理——使我们获得自由的真理。

关于这种训练与技术，并没有什么神秘的地方。那就是你们在实验室所学到的，也就是你们最优秀的教师终生所从事的，而在你们研究论文上所教你们的方法，那就是研究和实验的科学方法。也就是你们要学习应用于解决我所劝你们时刻要找一两个疑难问题所用的同样方法。这个方法，如果训练得纯熟精通，会使我们能在思考我们每天必须面对有关社会、经济，和政治各项问题时，会更清楚，会更胜任的。

以其要素言，这个科学技术包括非常专心注意于各种建议、思想和理论，以及后果的控制和试验。一切思考是以考虑一个困惑的问题或情况开始的。所有一切能够解决这个困惑问题的假设都是受欢迎的。但是各个假设的论点却必须以在采用后可能产生的后果来作为适用与否的试验，凡是其后果最能满意克服原先困惑所在的假设，就可接受为最好和最真实的解决方法。这是一切自然、历史和社会科学的思考要素。

人类最大的谬误，就是以为社会和政治问题简单得很，所以根本不需要科学方法的严格训练，而只要根据实际经验就可以判断，就可以解决。

但是事实却是刚刚相反的。社会与政治问题是关连着等待千千万万人命和福利的问题。就是由于这些极具复杂性和重要性的问题是十分困难的，所以使得这些问题到今日还没有办法以准确的定量衡量方法和试验与实验的精确方法来计量。甚至以最审慎的态度和用严格的方法无法保证绝无错误。但是这些困难却省免不了我们用尽一切审慎和批判的洞察力来处理这些庞大的社会和政治问题和必要。

两千五百年前某诸侯问孔子说"一言而可以兴邦，……一言而丧邦有诸？"

想到社会与政治的问题，总会提醒我们关于向孔子请教的这两个问题，因为对社会与政治的思考必然会连带想起和计划整个国家，整个社会，或者整个世界的事。所以一切社会与政治理论在用以处理一个情况时，如果粗心大意或固守教条，严重的说来，可能有时候会促成预料不到的混乱、退步、战争和毁灭，有时就真的是一言兴邦，一言丧邦。

刚就在前天，希特勒对他的军队发出一个命令，其中说到一句话：他要决定他的国家和人民未来一千年的命运！

但希特勒先生一个人是无法以个人的思想来决定千千万万人的生死问题。你们在这里所有的人需要考虑你们在即将来临的本地与全国选举中所有的选择，所有的人需要对和战问题表达意见，并不决定。是的，你们也会考虑到一个情况，你们在这个情况中的思考是正确，是错误，就会影响千千万万人的福利，也可能直接或间接的决定未来一千年世界与其文化的命运！

所以为少数特权阶级的我们大学男女，严肃的和胜任的把自己准备好，以便像在今日的这个时代，这个世界，每日从事思考和判断，把我们自己训练好，以便作有责任心的思考，乃是我们神圣的任务。

有责任心的思考至少含着三个主要的要求：第一，把我们的事实加以证明，把证据加以考查；第二，如有差错，谦虚的承认错误，慎防偏见和武断；第三，愿意尽量彻底获致一切会随着我们的观点和理论而来的可能后果，并且道德上对这些后果负责任。

怠惰的思考，容许个人和党团的因素不知不觉的影响我们的思考，接受陈腐和不加分析的思想为思考之前提，或者未能努力以获致可能后果，来试验一个人的思想是否正确等等就是知识上不负责任的表现。

你们是否充分准备来做这件在你们一生中最神圣的行动——有责任心的思考？

赠与今年的大学毕业生

　　这一两个星期里，各地的大学都有毕业的班次，都有很多的毕业生离开学校去开始他们的成人事业。学生的生活是一种享有特殊优待的生活，不妨幼稚一点，不妨吵吵闹闹，社会都能纵容他们，不肯严格的要他们负行为的责任。现在他们要撑起自己的肩膀来挑他们自己的担子了。在这个国难最紧急的年头，他们的担子真不轻！我们祝他们的成功，同时也不忍不依据我们自己的经验，赠与他们几句送行的赠言，——虽未必是救命毫毛，也许作个防身的锦囊罢！

　　你们毕业之后，可走的路不出这几条：绝少数的人还可以在国内或国外的研究院继续作学术研究；少数的人可以寻着相当的职业；此外还有做官，办党，革命三条路；此外就是在家享福或者失业闲居了。第一条继续求学之路，我们可以不讨论。走其余几条路的人，都不能没有堕落的危险。堕落的方式很多，总括起来，约有这两大类：

第一是容易抛弃学生时代的求知识的欲望。你们到了实际社会里，往往所用非所学，往往所学全无用处，往往可以完全用不着学问，而一样可以胡乱混饭吃，混官做。在这种环境里，即使向来抱有求知识学问的决心的人，也不免心灰意懒，把求知的欲望渐渐冷淡下去。况且学问是要有相当的设备的；书籍、试验室、师友的切磋指导、闲暇的工夫，都不是一个平常要糊口养家的人所能容易办到的。没有做学问的环境，又谁能怪我们抛弃学问呢？

第二是容易抛弃学生时代的理想的人生的追求。少年人初次与冷酷的社会接触，容易感觉理想与事实相去太远，容易发生悲观和失望。多年怀抱的人生理想，改造的热诚，奋斗的勇气，到此时候，好像全不是那么一回事。渺小的个人在那强烈的社会炉火里，往往经不起长时期的烤炼就镕化了，一点高尚的理想不久就幻灭了。抱着改造社会的梦想而来，往往是弃甲曳兵而走，或者做了恶势力的俘虏。你在那俘虏牢狱里，回想那少年气壮时代的种种理想主义，好像都成了自误误人的迷梦！从此以后，你就甘心放弃理想人生的追求，甘心做现成社会的顺民了。

要防御这两方面的堕落，一面要保持我们求知识的欲望，一面要保持我们对于理想人生的追求。有什么好法子呢？依我个人的观察和经验，有三种防身的药方是值得一试的。

第一个方子只有一句话："总得时时寻一两个值得研究的问题！"问题是知识学问的老祖宗；古今来一切知识的产生与积聚，都是因为要解答问题，——要解答实用上的困难或理论上的疑难。所谓"为知识而求知识"，其实也只是一种好奇心追求某种问题的解答，不过因为那种问题的性质不必是直接应用的，人们就觉得这是"无所为"的求知识了。我们出学校之后，离开了做学问的环境，如果没有一个两个值得解答的疑难问题在脑子里盘旋，就很难继续保持追求学问的热心。可是，如果你有了一个真有趣的问题天天逗你去想他，天天引诱你去解决他，天天对你挑衅笑你无可奈他，——这时候，你就会同恋爱一个女子发了疯一样，坐也坐不下，睡也睡不安，没工夫也得偷出工夫去陪她，没钱也得撙衣节食去巴结她。没有书，你自会变卖家私去买书；没有仪器，你自会典押衣服去置办仪器；没有师友，你自会不远千里去寻师访友。你只要能时时有疑难问题来逼你用脑子，你自然会保持发展你对学问的兴趣，即使在最贫乏的知识环境中，你也会慢慢的聚起一个小图书馆来，或者设置起一所小试验室来。所以我说：第一要寻问题。脑子里没有问题之日，就是你的知识生活寿终正寝之时！古人说："待文王而兴者，凡民也。若夫豪杰之士，虽无文王犹兴。"试想伽利略（Galieo）和牛顿（Newton）有多少藏书？有多少仪器？他们不过是有问题而已。有了问题而后，他们自会造出仪器来解答他们的问题。没有问题的人们，关在图书馆里也不会用书，锁在试验室里也不会有什么发现。

第二个方子也只有一句话："总得多发展一点非职业的兴趣。"离开学校之后，大家总得寻个吃饭的职业。可是你寻得的职业未必就是你所学的，或者未必是你所心喜的，或者是你所学而实在和你的性情不相近的。在这种状况之下，工作就往往成了苦工，就不感觉兴趣了。为糊口而作那种非"性之所近而力之所能勉"的工作，就很难保持求知的兴趣和生活的理想主义。最好的救济方法只有多多发展职业以外的正当兴趣与活动。一个人应该有他的职业，又应该有他的非职业的玩艺儿，可以叫做业余活动。凡一个人用他的闲暇来做的事业，都是他的业余活动。往往他的业余活动比他的职业还更重要，因为一个人的前程往往全靠他怎样用他的闲暇时间。他用他的闲暇来打麻将，他就成个赌徒；你用你的闲暇来做社会服务，你也许成个社会改革者；或者你用你的闲暇去研究历史，你也许成个史学家。你的闲暇往往定你的终身。英国十九世纪的两个哲人，密尔（J. S. Mill）终身做东印度公司的秘书，然而他的业余工作使他在哲学上、经济学上、政治思想史上都占一个很高的位置；斯宾塞（Spencer）是一个测量工程师，然而他的业余工作使他成为前世纪晚期世界思想界的一个重镇。古来成大学问的人，几乎没有一个不是善用他的闲暇时间的。特别在这个组织不健全的中国社会，职业不容易适合我们性情，我们要想生活不苦痛或不堕落，只有多方发展业余的兴趣，使我们的精神有所寄托，使我们的剩余精力有所施展。有了这种心爱的玩艺儿，你就做六个钟头的抹桌子工夫也不会感觉烦闷了，因为你知道，抹了六点钟的桌子之后，你可以回家去做你的化学研究，或画完你的大幅山水，或写你的小说戏曲，或继续你的历史考据，或做你的社会改革事业。你有了这种称心如意的活动，生活就不枯寂了，精神也就不会烦闷了。

第三个方子也只有一句话："你总得有一点信心。"我们生当这个不幸的时代，眼中所见，耳中所闻，无非是叫我们悲观失望的。特别是在这个年头毕业的你们，眼见自己的国家民族沉沦到这步田地，眼看世界只是强权的世界，望极天边好像看不见一线的光明，——在这个年头不发狂自杀，已算是万幸了，怎么还能够希望保持一点内心的镇定和理想的信任呢？我要对你们说：这时候正是我们要培养我们的信心的时候！只要我们有信心，我们还有救。古人说："信心（Faith）可以移山。"又说："只要工夫深，生铁磨成绣花针。"你不信吗？当拿破仑的军队征服普鲁士占据柏林的时候，有一位穷教授叫做菲希特（Fichte）的，天天在讲堂上劝他的国人要有信心，要信仰他们的民族是有世界的特殊使命的，是必定要复兴的，菲希特死的时候（1814年），谁也不能预料德意志统一帝国何时可以实现。然而不满五十年，新的统一的德意志帝国居然实现了。

一个国家的强弱盛衰，都不是偶然的，都不能逃出因果的铁律的。我们今日所受的苦痛和耻辱，都只是过去种种恶因种下的恶果。我们要收将来的善果，必须努力种现在的新因。一粒一粒的种，必有满仓满屋的收，这是我们今日应该有的信心。

我们要深信：今日的失败，都由于过去的不努力。

我们要深信：今日的努力，必定有将来的大收成。

佛典里有一句话："福不唐捐。"唐捐就是白白的丢了。我们也应该说："功不唐捐！"没有一点努力是会白白的丢了的。在我们看不见想不到的时候，在我们看不见想不到的方向，你瞧！你下的种子早已生根发叶开花结果了！

你不信吗？法国被普鲁士打败之后，割了两省地，赔了五十万万法郎的赔款。这时候有一位刻苦的科学家巴斯德（Pasteur）终日埋头在他的试验室里做他的化学试验和微菌学研究。他是一个最爱国的人，然而他深信只有科学可以救国。他用一生的精力证明了三个科学问题：（1）每一种发酵作用都是由于一种微菌的发展；（2）每一种传染病都是由于一种微菌在生物体中的发展；（3）传染病的微菌，在特殊的培养之下，可以减轻毒力，使它从病菌变成防病的药苗。——这三个问题，在表面上似乎都和救国大事业没有多大的关系。然而从第一个问题的证明，巴斯德定出做醋酿酒的新法，使全国的酒醋业每年减除极大的损失。从第二个问题的证明，巴斯德教全国的蚕丝业怎样选种防病，教全国的畜牧农家怎样防止牛羊瘟疫，又教全世界的医学界怎样注重消毒以减除外科手术的死亡率。从第三个问题的证明，巴斯德发明了牲畜的脾热瘟的疗治药苗，每年替法国农家灭除了二千万法郎的大损失；又发明了疯狗咬毒的治疗法，救济了无数的生命。所以英国的科学家赫胥黎（Huxley）在皇家学会里称颂巴斯德的功绩道："法国给了德国五十万万法郎的赔款，巴斯德先生一个人研究科学的成绩足够还清这一笔赔款了。"

巴斯德对于科学有绝大的信心，所以他在国家蒙奇辱大难的时候，终不肯抛弃他的显微镜与试验室。他绝不想他的显微镜底下能偿还五十万万法郎的赔款，然而在他看不见想不到的时候，他已收获了科学救国的奇迹了。

朋友们，在你最悲观最失望的时候，那正是你必须鼓起坚强的信心的时候。你要深信：天下没有白费的努力。成功不必在我，而功力必不唐捐。

积少成多

兄弟想起一句古话来了，叫做"积少成多"。看官，你不要看轻了这四个字，要晓得这四个字里，包含了许多意思，许多精妙的意思，而且有极大的用处，列位且听我一一道来。

列位不看见那天上落下的雨么？落下来的时候，大的不过豆那样大，小的不过米那样大，这自然是极少的了。然而那无数无数的雨点积起来，流入地中，便成极长的江河，极大的湖，极深的海洋，列位，这不是积少成多么！

列位又不看见那泥土沙石么？那一撮沙泥，一块小石，自然是极少的了，然而我们要是把许多许多的沙泥土石，堆在一处，一堆一堆的堆起来，不到几时，便可成一座大山了。列位，这不是积少成多么！

列位现在可晓得了，积许多雨点，便可成大江大海；积许多小沙小石，便可成高山。可见积少成多四字是丝毫不错的，然而我们中国的人，却很不懂这个极浅的道理。何以见得呢？你看他们做小本生意的人，一天到晚，能赚几个钱，然而他们鸦片烟是要吸的，香烟是要吃的，吃一支香烟，便是几文钱，吸一筒鸦片烟，便是几十文，要晓得，这几文钱几十文钱，虽是极小的事，然而积了几十个几文便是几百文，积了几十个几十文便是几千文。香烟每支三文钱，每天省吃一支，一个月便是九十文，一年三百六十日便是一千零八十文，可以买得几件衣服了，再积两年三年，便是两三块钱了，这一天省一支香烟，是极容易人人都做得到的事，毫不费力，兄弟不过借他做一个比喻罢了，列位看官听了我的话，要是肯去试验试验，一天少吃一碗茶，少吸两筒鸦片烟，少坐一回车，少吃几回点心，一天一天的积起来，不多几时便可发大财了。列位要晓得发财的法子，再没有比这个好的了，这个法子又容易，又省事，列位尽可试试看灵也不灵。去年《中外日报》上登了一部小说，叫做《美国十五大富豪传》，兄弟看了一看，这十五大富豪之中，只有二三个是有钱子弟出身的，其余的都是赤了双手，拼命去做苦工，苦苦的积下钱来，积的钱积得多了，然后拿去做生意，一步一步的发起财来，后来都有了几万万几千万的家产。不知道的，都羡慕他说他发财了，却不会去学他那积少成多的法子来自己也发发财。唉！这真是愚蠢极了，兄弟很望大家用一些的心，听听兄弟这个发财秘诀罢！

但是兄弟上面所说的，是要人人积几个本钱，一来呢，可以安家立业，无需求人；二来呢，可以拿去做生意，多赚几个钱，免得白白用掉，岂不可惜！这便是兄弟说这篇论说的缘故。列位要晓得，兄弟的意思，并不是劝人省吃省用，一毛不拔做一个守财奴，列位断不可误会了兄弟这篇意思呵！

还有一层，上面说的不过积钱发财的意思，列位可记得一句古语叫做"光阴一刻值千金"，你想一刻光阴，不到一顿饭的时候，便不知不觉的过去了，有什么宝贵呢！嗄！因为一天抛掉一刻光阴，不上四天，便抛掉一点钟的光阴了，不上两个月，便抛了一天的光阴了。一天的光阴，你想能够干多少的事，如今却这么恍恍惚惚的过了，抛掉了，岂不可惜！而且"人生七十古来稀"，即使活到七十岁，也不过二万五千二百日罢了！一天一天的过去，何等快速，所以我们大家也应该爱惜这些日子，大家努力把这些有限的光阴，用来做些有益的事业，不要把这些可宝可贵一刻千金的光阴，白白糟蹋了，要是列位把来白白抛掉，把来销耗在酒楼茶馆烟间妓院种种无益之地，那便是对不起这光阴，那便是对不起我做这篇白话的人了。

归国杂感

我在美国动身的时候，有许多朋友对我道："密斯忒胡，你和中国别了七个足年了，这七年之中，中国已经革了三次的命，朝代也换了几个了。真个是一日千里的进步，你回去时，恐怕要不认得那七年前的老大帝国了。"我笑着对他们说道："列位不用替我担忧。我们中国正恐怕进步太快，我们留学生回去要不认得他了，所以他走上几步，又退回几步。他正在那里回头等我们回去认旧相识呢。"

这话并不是戏言，乃是真话。我每每劝人回国时莫存大希望：希望越大，失望越大。所以我自己回国时，并不曾怀什么大希望。果然船到了横滨，便听得张勋复辟的消息。如今在中国已住了四个月了，所见所闻，果然不出我所料。七年没见面的中国还是七年前的老相识！到上海的时候，有一天，有一位朋友拉我到大舞台去看戏。我走进去坐了两点钟，出来的时候，对我的朋友说道："这个大舞台真正是中国的一个绝妙的缩本模型。你看这大舞台三个字岂不很新？外面的房屋岂不是洋房？里面的座位和戏台上的布景装潢又岂不是西洋新式？但是做戏的人都不过是赵如泉、沈韵秋、万盏灯、何家声、何金寿这些人。没有一个不是二十年前的旧古董！我十三岁到上海的时候，他们已成了老角色了。如今又隔了十三年了，却还是他们在台上撑场面。这十三年造出来的新角色都到哪里去了呢？你再看那台上做的《举鼎观画》。那祖先堂上的布景，岂不很完备？只是那小薛蛟拿了那老头儿的书信，就此跨马加鞭，却忘记了台上布的景是一座祖先堂！又看那出《四进士》。台上布景，明明有了门了，那宋士杰却还要做手势去关那没有的门！上公堂时，还要跨那没有的门槛！你看这二十年前的旧古董，在二十世纪的大舞台上做戏；装上了二十世纪的新布景，却偏要做那二十年前的旧手脚！这不是一副绝妙的中国现势图吗？"

我在上海住了十二天，在内地住了一个月，在北京住了两个月，在路上走了二十天，看了两件大进步的事：第一件是"三炮台"的纸烟，居然行到我们徽州去了；第二件是"扑克"牌居然比麻雀牌还要时髦了。"三炮台"纸烟还不算希奇，只有那"扑克"牌何以会这样风行呢？有许多老先生向来学A，B，C，D，是很不行的，如今打起"扑克"来，也会说"恩德""累死""接客倭彭"了！这些怪不好记的名词，何以会这样容易上口呢？他们学这些名词这样容易，何以学正经的A，B，C，D，又那样蠢呢？我想这里面很有可以研究的道理。新思想行不到徽州，恐怕是因为新思想没有"三炮台"那样中吃罢？A，B，C，D，不容易教，恐怕是因为教的人不得其法罢？

我第一次走过四马路，就看见了三部教"扑克"的书。我心想"扑克"的书已有这许多了，那别种有用的书，自然更不少了，所以我就花了一天的工夫，专去调查上海的出版界。我是学哲学的，自然先寻哲学的书。不料这几年来，中国竟可以算得没有出过一部哲学书。找来找去，找到一部《中国哲学史》，内中王阳明占了四大页，《洪范》倒占了八页！还说了些"孔子既受天之命""与天地合德"的话。又看见一部《韩非子精华》，删去了《五蠹》和《显学》两篇，竟成了一部"韩非子糟粕"了。文学书内，只有一部王国维的《宋元戏曲史》是很好的，又看见一家书目上有翻译的莎士比亚剧本，找来一看，原来把会话体的戏剧，都改作了《聊斋志异》体的叙事古文！又看见一部《妇女文学史》，内中苏蕙的回文诗足足占了六十页！又看见《饮冰室丛著》内有《墨学微》一书，我是喜欢看看墨家的书的人，自然心中很高兴。不料抽出来一看，原来是任公先生十四年前的旧作，不曾改了一个字！此外只有一部《中国外交史》，可算是一部好书，如今居然到了三版了。这件事还可以使人乐观。此外那些新出版的小说，看来看去，实在找不出一部可看的小说。有人对我说，如今最风行的是一部《新华春梦记》，这也可想见中国小说界的程度了。

总而言之，上海的出版界——中国的出版界——这七年来简直没有两三部以上可看的书！不但高等学问的书一部都没有，就是要找一部轮船上、火车上消遣的书，也找不出！（后来我寻来寻去，只寻得一部吴稚晖先生的《上下古今谈》，带到芜湖路上去看）我看了这个怪现状，真可以放声大哭。如今的中国人，肚子饿了，还有些施粥的厂把粥给他们吃。只是那些脑子叫饿的人可真没有东西吃了。难道可以把些《九尾龟》《十尾龟》来充饥吗？

中文书籍既是如此，我又去调查现在市上最通行的英文书籍。看来看去，都是些什么莎士比亚的《威尼斯商人》《麦克自传》，阿狄生的《文报选录》，戈司密的《威克斐牧师》，欧文的《见闻杂记》，……大概都是些十七世纪十八世纪的书。内中有几部十九世纪的书，也不过是欧文、狄更斯、司各脱、麦考来几个人的书，都是和现在欧美的新思潮毫无关系的。怪不得我后来问起一位有名的英文教习，竟连Bernard Shaw的名字也不曾听见过，不要说Tchekoff和Andreyev了。我想这都是现在一班教会学堂出身的英文教习的罪过。这些英文教习，只会用他们先生教过的课本。他们的先生又只会用他们先生的先生教过的课本。所以现在中国学堂所用的英文书籍，大概都是教会先生的太老师或太太老师们教过的课本！怪不得和现在的思想潮流绝无关系了。

有人说，思想是一件事，文学又是一件事，学英文的人何必要读与现代新思潮有关系的书呢？这话似乎有理，其实不然。我们中国人学英文，和英国、美国的小孩子学英文，是两样的。我们学西洋文字，不单是要认得几个洋字，会说几句洋话，我们的目的在于输入西洋的学术思想。所以我以为中国学校教授西洋文字，应该用一种"一箭射双雕"的方法，把"思想"和"文字"同时并教。例如教散文，与其用欧文的《见闻杂记》，或阿狄生的《文报选录》，不如用赫胥黎的《进化杂论》。又如教戏曲，与其教莎士比亚的《威尼斯商人》，不如用Bernard Shaw的Androcles and the Lion，或是GaIsworthy的Strife或Justice。又如教长篇的文字，与其教麦考来的《约翰生行述》，不如教密尔的《群己权界论》。……我写到这里，忽然想起日本东京丸善书店的英文书目。那书目上，凡是英美两国一年前出版的新书，大概都有。我把这书目和商务书馆与伊文思书馆的书目一比较，我几乎要羞死了。

我回中国所见的怪现状，最普通的是"时间不值钱"。中国人吃了饭没有事做，不是打麻雀，便是打"扑克"。有的人走上茶馆，泡了一碗茶，便是一天了。有的人拿一只鸟儿到处逛逛，也是一天了。更可笑的是朋友去看朋友，一坐下便生了根了，再也不肯走。有事商议，或是有话谈论，倒也罢了。其实并没有可议的事，可说的话。我有一天在一位朋友处有事，忽然来了两位客，是××馆的人员。我的朋友走出去会客，我因为事没有完，便在他房里等他。我以为这两位客一定是来商议这××馆中什么要事的。不料我听得他们开口道：“××先生，今回是打津浦火车来的，还是坐轮船来的？”我的朋友说是坐轮船来的。这两位客接着便说轮船怎样不便，怎样迟缓。又从轮船上谈到铁路上，从铁路上又谈到现在中交两银行的钞洋跌价。因此又谈到梁任公的财政本领，又谈到梁士诒的行踪去迹……谈了一点多钟，没有谈上一句要紧的话。后来我等的没法了，只好叫听差去请我的朋友。那两位客还不知趣，不肯就走。我不得已，只好跑了，让我的朋友去领教他们的“二梁优劣论”罢！

美国有一位大贤名富兰克林（Benjamin Franklin）的，曾说道：“时间乃是造成生命的东西。”时间不值钱，生命自然也不值钱了。上海那些拣茶叶的女工，一天拣到黑，至多不过得二百个钱，少的不过得五六十钱！茶叶店的伙计，一天做十六七点钟的工，一个月平均只拿得两三块钱！还有那些工厂的工人，更不用说了。还有那些更下等，更苦痛的工作，更不用说了。人力那样不值钱，所以卫生也不讲究，医药也不讲究。我在北京上海看那些小店铺里和穷人家里的种种不卫生，真是一种黑暗世界。至于道路的不洁净，瘟疫的流行，更不消说了。最可怪的是无论阿猫阿狗都可挂牌医病，医死了人，也没有人怨恨，也没有人干涉。人命的不值钱，真可算得到了极端了。

现今的人都说教育可以救种种的弊病。但是依我看来，中国的教育，不但不能救亡，简直可以亡国。我有十几年没到内地去了，这回回去，自然去看看那些学堂。学堂的课程表，看来何尝不完备？体操也有，图画也有，英文也有，那些国文、修身之类，更不用说了。但是学堂的弊病，却正在这课程完备上。例如我们家乡的小学堂，经费自然不充足了，却也要每年花六十块钱去请一个中学堂学生兼教英文唱歌。又花二十块钱买一架风琴。我心想，这六十块一年的英文教习，能教什么英文？教的英文，在我们山里的小地方，又有什么用处？至于那音乐一科，更无道理了。请问那种学堂的音乐，还是可以增进"美感"呢？还是可以增进音乐知识呢？若果然要教音乐，为什么不去村乡里找一个会吹笛子的唱昆腔的人来教？为什么一定要用那实在不中听的二十块钱的风琴呢？那些穷人的子弟学了音乐回家，能买得起一架风琴来练习他所学的音乐知识吗？我真是莫名其妙了；所以我在内地常说："列位办学堂，尽不必问教育部规程是什么，需先问这块地方上最需要的是什么。譬如我们这里最需要的是农家常识，蚕桑常识，商业常识，卫生常识，列位却把修身教科书去教他们做圣贤！又把二十块钱的风琴去教他们学音乐！又请一位六十块钱一年的教习教他们的英文！列位且自己想想看，这样的教育，造得出怎么样的人才？所以我奉劝列位办学堂，切莫注重课程的完备，需要注意课程的实用。尽不必去巴结视学员，且去巴结那些小百姓。视学员说这个学堂好，是没有用的，需要小百姓都肯把他们的子弟送来上学，那才是教育有成效了。"

以上说的是小学堂。至于那些中学校的成绩，更可怕了。我遇见一位省立法政学堂的本科学生，谈了一会，他忽然问道："听说东文是和英文差不多的，这话可真吗？"我已经大诧异了。后来他听我说日本人总有些岛国的习气，忽然问道："原来日本也在海岛上吗？"……这个固然是一个极端的例。但是如今中学堂毕业的人才，高又高不得，低又低不得，竟成了一种无能的游民。这都由于学校里所教的功课，和社会上的需要毫无关涉。所以学校只管多，教育只管兴，社会上的工人、伙计、账房、警察、兵士、农夫……还只是用没有受过教育的人。社会所需要的是做事的人才，学堂所造成的是不会做事又不肯做事的人才，这种教育不是亡国的教育吗？

我说我的《归国杂感》，提起笔来，便写了三四千字。说的都是些很可以悲观的话。但是我却并不是悲观的人。我以为这二十年来中国并不是完全没有进步，不过惰性太大，向前三步又退回两步，所以到如今还是这个样子。我这回回家寻出了一部叶德辉的《翼教丛编》，读了一遍，才知道这二十年的中国实在已经有了许多大进步。不到二十年前，那些老先生们，如叶德辉、王益吾之流，出了死力去驳康有为，所以这书叫做《翼教丛编》。我们今日也痛骂康有为。但二十年前的中国，骂康有为太新；二十年后的中国，却骂康有为太旧。如今康有为没有皇帝可保了，很可以做一部《翼教续编》来骂陈独秀了。这两部"翼教"的书的不同之处，便是中国二十年来的进步了。

名教

中国是个没有宗教的国家，中国人是个不迷信宗教的民族。——这是近年来几个学者的结论。有些人听了很洋洋得意，因为他们觉得不迷信宗教是一件光荣的事。有些人听了要做愁眉苦脸，因为他们觉得一个民族没有宗教是要堕落的。

于今好了，得意的也不可太得意了，懊恼的也不必懊恼了。因为我们新发现中国不是没有宗教的：我们中国有一个很伟大的宗教。

孔教早倒霉了，佛教早衰亡了，道教也早冷落了。然而我们却还有我们的宗教。这个宗教是什么教呢？提起此教，大大有名，他就叫做"名教"。

名教信仰什么？信仰"名"。

名教崇拜什么？崇拜"名"。

名教的信条只有一条："信仰名的万能。"

"名"是什么？这一问似乎要做点考据。《论语》里孔子说："必也正名乎"，郑玄注：正名，谓正书字也。古者曰名，今世曰字。

《仪礼·聘礼》注：名，书文也。今谓之字。

《周礼·大行人》下注：书名，书文字也。古曰名。

《周礼·外史》下注：古曰名，今曰字。

《仪礼·聘礼》的释文说：名，谓文字也。

总括起来，"名"即是文字，即是写的字。

"名教"便是崇拜写的文字的宗教；便是信仰写的字有神力，有魔力的宗教。

这个宗教，我们信仰了几千年，却不自觉我们有这样一个伟大宗教。不自觉的缘故正是因为这个宗教太伟大了，无往不在，无所不包，就如同空气一样，我们日日夜夜在空气里生活，竟不觉得空气的存在了。

现在科学进步了，便有好事的科学家去分析空气是什么，便也有好事的学者去分析这个伟大的名教。

民国十五年有位冯友兰先生发表一篇很精辟的《名教之分析》（《现代评论》第二周年纪念增刊，页194~196）。冯先生指出"名教"便是崇拜名词的宗教，是崇拜名词所代表的概念的宗教。

冯先生所分析的还只是上流社会和智识阶级所奉的"名教"，它的势力虽然也很伟大，还算不得"名教"的最重要部分。

这两年来，有位江绍原先生在他的"礼部"职司的范围内，发现了不少有趣味的材料，陆续在《语丝》《贡献》几种杂志上发表。他同他的朋友们收的材料是细大不捐，雅俗无别的；所以他们的材料使我们渐渐明白我们中国民族崇奉的"名教"是个什么样子。

究竟我们这个贵教是个什么样子呢？且听我慢慢道来。

先从一个小孩生下地说起。古时小孩生下地之后，要请一位专门术家来听小孩的哭声，声中某律，然后取名字。（看江绍原《小品》页68，《贡献》第八期，页24）现在的民间变简单了，只请一个算命的，排排八字，看他缺少五行之中的那一行。若缺水，便取个水旁的名字；若缺金，便取个金旁的名字。若缺火又缺土的，我们徽州人便取个"灶"字。名字可以补气禀的缺陷。

小孩命若不好，便把他"寄名"在观音菩萨的座前，取个和尚式的"法名"，便可以无灾无难了。

小孩若爱啼啼哭哭，睡不安宁，便写一张字帖，贴在行人小便的处所，上写着：天皇皇，地皇皇，我家有个夜啼郎。过路君子念一遍，一夜睡到大天光。

文字的神力真不少。

小孩跌了一跤，受了惊骇，那是骇掉了"魂"了，须得"叫魂"。魂怎么叫呢？到那跌跤的地方，撒把米，高叫小孩子的名字，一路叫回家。叫名便是叫魂了。

小孩渐渐长大了，在村学堂同人打架，打输了，心里恨不过，便拿一条柴炭，在墙上写着诅咒他的仇人的标语："王阿三热病打死。"他写了几遍，心上的气便平了。

他的母亲也是这样：她受了隔壁王七嫂的气，便拿一把菜刀，在刀板上剁，一面剁，一面喊王七老婆的名字，这便等于乱剁王七嫂了。

他的父亲也是"名教"的信徒：他受了王七哥的气，打又打他不过，只好破口骂他，骂他的爹妈，骂他的妹子，骂他的祖宗十八代。骂了便算出了气了。

据江绍原先生的考察，现在这一家人都大进步了，小孩在墙上会写"打倒阿毛"了。他妈也会喊"打倒周小妹"了。他爸爸也会贴"打倒王庆来"了。（《贡献》九期，江绍原《小品》页78）

他家里人口不平安，有病的，有死的。这也有好法子请个道士来，画几道符，大门上贴一张，房门上贴一张，茅厕上也贴一张，病鬼便都跑掉了，再不敢进了。画符自然是"名教"的重要方法。

死了的人又怎么办呢？请一班和尚来，念几卷经，便可以超度死者了。念经自然也是"名教"的重要方法。符是文字，经是文字，都有不可思议的神力。

死了人，要"点主"。把神主牌写好，把那"主"字上头的一点空着。请一位乡绅来点主。把一只雄鸡头上的鸡冠切破，那位赵乡绅把朱笔蘸饱了鸡冠血，点上"主"字。从此死者的灵魂遂凭依在神主牌上了。

吊丧需用挽联，贺婚贺寿需用贺联；讲究的送幛子，更讲究的送祭文寿序。都是文字，都是"名教"的一部分。

豆腐店的老板梦想发大财，也有法子。请村口王老师写副门联："生意兴隆通四海，财源茂盛达三江。"这也可以过发财的瘾了。

赵乡绅也有他的梦想，所以他也写副门联："总集福荫，备致嘉祥。"王老师虽是不通，虽是下流，但他也得写一副门联："文章华国，忠孝传家。"

豆腐店老板心里还不很满足，又去请王老师替他写一个大红春帖："对我生财。"贴在对面墙上，于是他的宝号就发财的样子十足了。

王老师去年的家运不大好，所以他今年元旦起来，拜了天地，洗净手，拿起笔来，写个红帖子："戊辰发笔，添丁进财。"他今年一定时运大来了。

父母祖先的名字是要避讳的。古时候，父名晋，儿子不得应进士考试。现在宽的多了，但避讳的风俗还存在一般社会里。皇帝的名字现在不避讳了。但孙中山死后，"中山"尽管可用作学校地方或货品的名称，"孙文"便很少人用了；忠实同志都应该称他为"先总理"。南京有一个大学，为了改校名，闹了好几次大风潮，有一次竟把校名牌子抬了送到大学院去。北京下来之后，名教的信徒又大忙了。北京已改做"北平"了；今天又有人提议改南京做"中京"了。

还有人郑重提议"故宫博物院"应该改作"废宫博物院"。将来这样大改革的事业正多呢。

前不多时，南京的《京报附刊》的画报上有一张照片，标题是"军事委员会政治训练部宣传处艺术科写标语之忙碌"。图上是五六个中山装的青年忙着写标语；桌上，椅背上，地板上，满铺着写好了的标语，有大字，有小字，有长句，有短句。

这不过是"写"的一部分工作；还有拟标语的，有讨论审定标语的，还有贴标语的。

五月初济南事件发生以后，我时时往来淞沪铁路上，每一次四十分钟的旅行所见的标语总在一千张以上；出标语的机关至少总在七八十个以上。有写着"枪毙田中义一"的，有写着"活埋田中义一"的，有写着"杀尽矮贼"而把"矮贼"两字倒转来写，如报纸上寻人广告倒写的"人"字一样。"人"字倒写，人就会回来了；"矮贼"倒写，矮贼也就算打倒了。

现在我们中国已成了口号标语的世界。有人说，这是从苏俄学来的法子。这是很冤枉的。我前年在莫斯科住了三天，就没有看见墙上有一张标语。标语是道地的国货，是"名教"国家的祖传法宝。

试问墙上贴一张"打倒帝国主义"，同墙上贴一张"对我生财"或"抬头见喜"，有什么分别？是不是一个师父传授的衣钵？

试问墙上贴一张"活埋田中义一"，同小孩子贴一张"雷打王阿毛"，有什么分别？是不是一个师父传授的法宝？

试问"打倒唐生智""打倒汪精卫"，同王阿毛贴的"阿发黄病打死"，有什么分别？王阿毛尽够做老师了，何需远学莫斯科呢？

自然，在党国领袖的心目中，口号标语是一种宣传的方法，政治的武器。但在中小学生的心里，在第九十九师十五连第三排的政治部人员的心里，口号标语便不过是一种出气泄愤的法子罢了。如果"打倒帝国主义"是标语，那么，第十区的第七小学为什么不可贴"杀尽矮贼"的标语呢？如果"打倒汪精卫"是正当的标语，那么"活埋田中义一"为什么不是正当的标语呢？

如果多贴几张"打倒汪精卫"可以有效果，那么，你何以见得多贴几张"活埋田中义一"不会使田中义一打个寒噤呢？

故从历史考据的眼光看来，口号标语正是"名教"的正传嫡派。因为在绝大多数人的心里，墙上贴一张"国民政府是为全民谋幸福的政府"，正等于门上写一条"姜太公在此"，有灵则两者都应该有灵，无效则两者同为废纸而已。

我们试问，为什么豆腐店的张老板要在对门墙上贴一张"对我生财"？岂不是因为他天天对着那张纸可以过一点发财的瘾吗？为什么他元旦开门时嘴里要念"元宝滚进来"？

岂不是因为他念这句话时心里感觉舒服吗？

要不然，只有另一个说法，只可说是盲从习俗，毫无意义。张老板的祖宗下来每年都贴一张"对我生财"，况且隔壁剃头店门口也贴了一张，所以他不能不照办。

现在大多数喊口号，贴标语的，也不外这两种理由：一是心理上的过瘾，一是无意义的盲从。

少年人抱着一腔热沸的血，无处发泄，只好在墙上大书"打倒卖国贼"或"打倒日本帝国主义"。写完之后，那二尺见方的大字，那颜鲁公的书法，个个挺出来，好生威武，他自己看着，血也不沸了，气也稍稍平了，心里觉得舒服的多，可以坦然回去休息了。于是他的一腔义愤，不曾收敛回去，在他的行为上与人格上发生有益的影响，却轻轻地发泄在墙头的标语上面了。

这样的发泄情感，比什么都容易，既痛快，又有面子，谁不爱做呢？一回生，二回熟，便成了惯例了，于是"五一""五三""五四""五七""五九""六三"……都照样做去：放一天假，开个纪念会，贴无数标语，喊几句口号，就算做了纪念了！

于是月月有纪念，周周做纪念周，墙上处处是标语，人人嘴上有的是口号。于是老祖宗几千年相传的"名教"之道遂大行于今日，而中国遂成了一个"名教"的国家。

我们试进一步，试问，为什么贴一张"雷打王阿毛"或"枪毙田中义一"可以发泄我们的感情，可以出气泄愤呢？

这一问便问到"名教"的哲学上去了。这里面的奥妙无穷,我们现在只能指出几个有趣味的要点。

第一,我们的古代老祖宗深信"名"就是魂,我们至今不知不觉地还逃不了这种古老迷信的影响。"名就是魂"的迷信是世界人类在幼稚时代同有的。埃及人的第八魂就是"名魂"。我们中国古今都有此迷信。《封神演义》上有个张桂芳能够"呼名落马";他只叫一声"黄飞虎还不下马,更待何时!"黄飞虎就滚下五色神牛了。不幸张桂芳遇见了哪吒,喊来喊去,哪吒立在风火轮上不滚下来,因为哪吒是莲花化身,没有魂的。《西游记》上有个银角大王,他用一个红葫芦,叫一声"孙行者",孙行者答应一声,就被装进去了,后来孙行者逃出来,又来挑战,改名做"行者孙",答应了一声,也就被装了进去!因为有名就有魂了。(参看《贡献》八期,江绍原《小品》页54)民间"叫魂",只是叫名字,因为叫名字就是叫魂了。因为如此,所以小孩在墙上写"鬼捉王阿毛",便相信鬼真能把阿毛的魂捉去。党部中人制定"打倒汪精卫"的标语,虽未必相信"千夫所指,无病自死";但那位贴"枪毙田中"的小学生却难保不知不觉地相信他有咒死田中的功用。

第二,我们的古代老祖宗深信"名"(文字)有不可思议的神力,我们也免不了这种迷信的影响。这也是幼稚民族的普通迷信,高等民族也往往不能免除。《西游记》上如来佛写了"唵嘛呢叭咪吽"六个字,便把孙猴子压住了一千年。观音菩萨念一个"唵"字咒语，便有诸神来见。他在孙行者手心写一个"咪"字，就可以引红孩儿去受擒。小说上的神仙妖道作法，总得"口中念念有词"。一切符咒，都是有神力的文字。现在有许多人似乎真相信多贴几张"打倒军阀"的标语便可以打倒张作霖了。他们若不信这种神力，何以不到前线去打仗，却到吴淞镇的公共厕所墙上张贴"打倒张作霖"的标语呢？

第三，我们的古代圣贤也会提倡一种"理智化"了的"名"的迷信，几千年来深入人心，也是造成"名教"的一种大势力。卫君要请孔子去治国，孔老先生却先要"正名"。他恨极了当时的乱臣贼子，却又"手无斧柯，奈龟山何！"所以他只好做一部《春秋》来褒贬他们，"一字之贬，严于斧钺；一字之褒，荣于华衮"。这种思想便是古代所谓"名分"的观念。尹文子说：

善名命善，恶名命恶。故善有善名，恶有恶名。……今亲贤而疏不肖，赏善而罚恶。贤不肖，善恶之名宜在彼；亲疏赏罚之称宜属我。……"名"宜属彼，"分"宜属我。我爱白而憎黑，韵商而舍徵，好膻而恶焦，嗜甘而逆苦。白黑商徵，膻焦甘苦，彼之"名"也；爱憎韵舍，好恶嗜逆，我之"分"也。定此名分，则万事不乱也。

"名"是表物性的，"分"是表我的态度的。善名便引起我爱敬的态度，恶名便引起我厌恨的态度。这叫做"名分"的哲学。"名教""礼教"便建筑在这种哲学的基础之上。一块石头，变作了贞节牌坊，便可以引无数青年妇女牺牲她们的青春与生命去博礼教先生的一篇铭赞，或志书"列女"门里的一个名字。"贞节"是"名"，羡慕而情愿牺牲，便是"分"。女子的脚裹小了，男子赞为"美"，诗人说是"三寸金莲"，于是几万万的妇女便拼命裹小脚了。"美"与"金莲"是"名"，羡慕而情愿吃苦牺牲，便是"分"。现在人说小脚"不美"，又"不人道"，名变了，分也变了，于是小脚的女子也得塞棉花，充天脚了。——现在的许多标语，大都有个褒贬的用意：宣传便是宣传这褒贬的用意。说某人是"忠实同志"，便是教人"拥护"他。说某人是"军阀"，"土豪劣绅"，"反动"，"反革命"，"老朽昏庸"，便是教人"打倒"他。故"忠实同志""总理信徒"的名，要引起"拥护"的分。"反动分子"的名，要引起"打倒"的分。故今日墙上的无数"打倒"与"拥护"，其实都是要寓褒贬，定名分。不幸标语用的太滥了，今天要打倒的，明天却又在拥护之列了；今天的忠实同志，明天又变为反革命了。于是打倒不足为辱，而反革命有人竟以为荣。于是"名教"失其作用，只成为墙上的符箓而已。

两千年前，有个九十岁的老头子对汉武帝说："为治不在多言，顾力行何如耳。"两千年后，我们也要对现在的治国者说：治国不在口号标语，顾力行何如耳。

一千多年前，有个庞居士，临死时留下两句名言：但愿空诸所有。慎勿实诸所无。

"实诸所无"，如"鬼"本是没有的，不幸古代的浑人造出"鬼"名，更造出"无常鬼"，"大头鬼"，"吊死鬼"等等名，于是人的心里便像煞真有鬼了。我们对于现在的治国者，也想说：但愿空诸所有。慎勿实诸所无。末了，我们也学时髦，编两句口号：打倒名教！名教扫地，中国有望！

宿命论者的屠格涅夫

伊凡·屠格涅夫（Ivan. S. Turgenev）是人性的叙述者，也是时代的描写者。

人性是静的永恒不变的，时代却是动的绵延变化的，就是这动与静的关系，就是这变与不变的反应，决定了一切人们的全部人生。也就是这人生，屠格涅夫得以造成他的优美的艺术。

屠格涅夫的小说，结构是那样的精严，叙述是那样的幽默，在他的像诗、像画、像天籁的字句中，极平静也极壮严的告诉了我们：人性是什么，他的时代又是怎样。读他的每一篇小说，可以知道几种典型的静的人性，可以知道一个时期的动的时代。读他的几篇有连续性的小说，可以知道人性的永恒不变时代的绵延变化，知道全人类的生活。

谁在主宰着人性呢？谁在推动着时代呢？又是谁在拨弄

着这时代和人性的关系及反应造成的人生呢？屠格涅夫告诉我们：这是自然。自然主宰着人性，自然推动着时代，自然拨弄着这人生。宇宙没有绝对的真理，人生没有客观的意义，一切的一切，只是像树，不得不被风吹，只是像物件，不得不被阳光照耀。屠格涅夫感觉到这个，认识了这个，也忠实的描写了这个，所以在他的纵横交织着时代和人性的作品下，显示了不可理解的人生，在这个人生下，又潜伏着一个无情的运命之神。激动了读者的情感的，是这运命之神。威胁着读者的思想的，也是这运命之神。

屠格涅夫是一个宿命论者。

屠格涅夫认自然为最高法则，不承认有客观的真和伪，善和恶，美和丑；所以他的人性观不是批判的，不是解释的，只是叙述的。他的小说中所表现着的人性，只是他自己所认识的人性，既不在评量他的价值，也没有解释他的原因。

屠格涅夫觉得人性两种根本相反的特性任何人都可归纳到这两种的一种。他说："就是我们人类中间的无论哪一个，总或者将自己的自我，或者将自我以外的有些东西当作比较更高尚的东西看，而将他置在第一位。"然将自己的自我置在第一位的，就是所谓哈姆雷特（Hamlet）型，是为我主义者，是信念的狐疑者。将其他东西置在第一位的，就是所谓堂吉诃德（Don Quixote）型，是自我牺牲者，是真理——自己认为真理——的信仰者，屠格涅夫以为无论谁，如不类似哈姆雷特一定类似堂吉诃德，这两种人性都是自然的，当然不能评判谁善谁恶谁真谁伪谁美谁丑。

用作者自己的话，来解释他的作品，是最近情理的。我们正可拿屠格涅夫的话来了解他的小说中的人物。屠格涅夫的小说极多，里面的人物确可以分成哈姆雷特型与堂吉诃德型两种。他不是不会写第三种人，实在世界上没有第三种人给他写啊！

像哈姆雷特的人，屠格涅夫的小说中多极了。单在他的六大杰作中有五篇小说就充满了这些人物。《罗亭》（Rudin）中能说不能行的罗亭，《贵族之家》（A House of Gentlefolk）中能力薄弱的拉夫尔斯基（Lavretski），《父与子》（Fathers and Sons）中意志不坚强的阿卡特（Arkady）和虚无主义的巴沙洛夫（Bazarov），《烟》（Smoke）中的自我发展而被命运侮弄的李维诺夫（Livinov）与伊璘娜（Irene），《新时代》（Virginsoil）中的屠暑大诺夫（Niejdanov）似乎是牺牲自我了，但在他没有决心自杀而竟至自杀时，却留了一封信，承认他的革命是扯谎！这些人，一个个都是聪明的；言论风采，都足以掀动旁人的视听；各人走上各人的道路，都走到绝境，他们的哈姆雷特的人性叫他们走到绝境！

这儿，我想提出三个人来详细的说一下。罗亭、巴沙洛夫和伊璘娜。

罗亭是一个俄国的上等人。知道的是那样的多，说的话又是那样温暖动人，心中遮满了艺术音乐哲学和一切装饰，充满了热望，燃烧着真情。当他第一次出现他的面目时，聪颖的仪容、丰富的表情引起了所有的人们的崇敬、羡慕和妒嫉。但他只能生活于梦之花房，哲学的空论和抽象，并不能参与真实的生活。尽管他那样聪明、那样自命清高，一经行为的试验，就不得不羞辱的失败了。看在他拨动了少女的灵魂，私结了终生之约以后，娜泰茅违抗了她母亲的命令想约罗亭私逃，但罗亭却说"怎么办？自然只好服从了！"啊，我们用娜泰茅的话来戳穿罗亭的秘密吧，"你开口就是服从！服从！你平日谈自由，谈牺牲，难道现在你算是实行了自由和牺牲了么？"终于，罗亭自己的勇气，叫自己失败了，终于只能在情敌的面前逃走了。屠格涅夫另外告诉我们一句话："无论何人，当他处在不得不自己牺牲的境地的时候，假如他先要计算思虑到他这行为之后，所应得的利害的结果，和利害实现的可能，那他的究竟能否自己牺牲，恐怕要成很大的疑问了。"读了《罗亭》，我们觉得不仅是疑问，简直是不能了。

巴沙洛夫在外表上看起来，显然和罗亭不同，但他们血管里同样的流着哈姆雷特的血，他们头脑里同样的潜伏着哈姆雷特的思想。巴沙洛夫是一个聪明人，思想聪明，言语也聪明，他讥讽艺术、女人和家庭生活。他不知道什么叫做光荣，他反抗而且轻视那些既成的势力和共认的真理。他高唤着"我什么都不信！"他知道自己最清楚，自我抬得最高。

103

"但我对自我的信仰，这一件事，为我主义者也是办不到的。"所以巴沙洛夫轻视女人，仍不得不和一个无所长的妇人发生恋爱，怀疑既成的无意义的事情，也不得不和他干无聊的决斗，他虽有那样坚强的意志，在他第一次应用他自己所学得的医药知识时，就给自己医死了！屠格涅夫说哈姆雷特型的特性，有这样一句话："他是怀疑成性的人，而只是自己一个人在那里烦闷苦斗。并不是和他的义务，是和他的处境苦斗。"巴沙洛夫正是这种人！

谈到伊璘娜正是哈姆雷特型的女人。她，同样的，是有自知之明的女人，也是一个最自私的荡妇。她反复着牺牲她的爱情，又反复的爱人。一方面自己甘心做社会之花，一方面又自己诅咒那样的生活像乞丐样的伸手乞怜，求人援救她内心的痛苦。她要人了解她，同情她，恋爱她，自己却没有决心来承受。当她结了婚以后，偶然遇见旧日的爱人，就竭力的引诱他，使他丢弃了预备结婚的未婚妻，重来爱她；但在他们什么都预备好准备逃去的一个早上，却送了一封信给他，拒绝私遁，她说："我不能和你逃走，我没有力量去逃走。"她承认"我对于我自己也充满了恐怖和憎恨，但我不能做旁的，我不能，我不能"，她哭诉着"我是你的，我永远是你的"，她要求他随她的丈夫搬走，"只住在我旁边，只爱着我"。"但逃走，丢弃了一切……不不不"。这是伊璘娜的自供词，也是一切哈姆雷特型人们的弱点吧。但伊璘娜是值得同情的，她的反复，是她内心争斗的结果，她的懦弱自然是她自我主义发展的结果；这些都不是她能自主能反抗的，因为她具有哈姆雷特型的人性啊！

哈姆雷特的人性所表现是宇宙的求心力，怀疑着真理分析着自己，轻笑自己的缺点，又有绝大的虚荣，绝大的自负，而恋恋于生命。

屠格涅夫以为"在目下的时势里，自然是哈姆雷特型的人比堂吉诃德型的人更多"。所以在他的小说里堂吉诃德型的人也比较少，但这并不是说没有。《父与子》中那个可怜的不知怎样才能迎合他儿子的脾胃的伊温诺维奇（Ivanovitch），《新时代》中终生产生着一个不爱自己的人的马殊玲（Machorina），《前夜》（On the Eve）中牺牲自己随着爱人去救国的海伦（Helene），《贵族之家》中的牺牲爱人遁入修道院的里沙（Liza），都是为了自己所信仰的一件事，负起责任，牺牲了自己。幻灭的悲哀，失恋的痛苦，也许不是常人所能受的，但他们有一颗坚强的心，都像堂吉诃德骑上他的洛齐难戴（Resinate）样闯进了世界，追求他们的目的！

但我们要提的却是两个志士青年，一是《前夜》中的殷沙洛夫（Insarov），一个是《新时代》中的马克罗夫（Makerov）。

殷沙洛夫是保加利亚的青年，他所有的不是一张锦绣般的口，却是一双钢铁般的手，他的道德观念像一个矗立不可摇撼的石柱，他的唯一的信仰就是母国之自由。他把这一个信仰置于一切事物之上。为了这个信仰，可以牺牲自己的生命，可以牺牲自己的自由。他在俄国读书，但与他来往的多是些母国的工人农夫，他所计划的也只是怎样革命怎样救国。他爱了一个奇女子，但我们可以看得出来，如果他的爱人不愿帮他去救祖国，他会用他的理智毅然和她分离的。不幸他刚上了救国的战线，什么都没有完全成功以前，便牺牲了生命。但这种牺牲，他自己会是乐意的，堂吉诃德的人性愿意牺牲自我。

"马克罗夫是好事而顽固的男子，并且蛮勇而不知畏惧的，他不知道容恕，也不知道忘怀，他始终为他自己和一切被压迫者感受不平，他万事都能拼命，他的狭隘的精神专致在唯一的地点，他所不能了解的，于他便是不存在的，他对于虚伪与欺骗是憎恨而蔑视的。"他知道的不多，他只晓得干！他失恋了，但他知道如何容忍，仍在拼命的干！他是一个农民解放者，但农民很多是不同情他的，甚至有侮蔑他的，就这样他还是干！他这样的蛮干死干，终于因为没准备没布置的乱干，我们这位农民运动者，却反给农民们背剪着手，塞进一只农车，送上了衙门！马克罗夫就这样进了坟墓。这也和堂吉诃德被假扮的"明月骑士"所击毙，差不多罢！

堂吉诃德型的人性所表现的是宇宙的远心力，一切的"存在"都是为"他"而存在的。生命只是实现理想的手段，除此以外，自己的生命毫无重视的必要。

屠格涅夫的人性观是二元论，认定这二元论是一个人生的全部生活的根本法则。他说："人的全部生活，是不外乎继续不断忽分忽合的两个原则的永久的冲突和永久的调解。"屠格涅夫不批评这两种人性的优劣，堂吉诃德型也许能做一点事，哈姆雷特型却也有一种破坏力量。人性本是自然的，根据人性的发展，在事实上能成就些什么，怕也只有命运能决定罢！

屠格涅夫的时代观，同样的，是以自然法则做根据的。否认时代根据一定的原则而进展。时代只是自然的推演，也许正是盲目的偶然的推演。就在这种盲目的偶然的推演的时代中，屠格涅夫找出每一个时代的特性，了解每一个时代的精神。如果一个时代放射出耀眼的光，他就拿光彩绘成画，如果一个时代呐喊着刺耳的呼声，他就拿这呼声编成歌，这些歌这些画就是他的小说。

屠格涅夫生于1818年，卒于1882年，从他的《猎人日记》（1852年）到《新时代》（1876年）不断描写着俄国当时的时代状况。他用哲学的眼光，艺术的手段，把同时代思潮变化的痕迹，社会演进的历程，极忠实的也极细腻的写出来。俄国十九世纪中叶的思想变迁，确可拿屠格涅夫的小说来代表。这些小说，最能代表时代精神的是《猎人日记》和他的六大杰作。

《猎人日记》（1852年）是作者描写当时农奴所受到的压迫所感到的苦痛的一部小说，也是作者对农奴制度宣战的一篇檄文。屠格涅夫在他文学与人生之回忆中，自己承认誓死反抗农奴制度，《猎人日记》就是他的武器。看罢，多少善良纯朴的农夫在这农奴制度的锁架下辗转呻吟，又有多少大地主小地主在农奴制度的卵翼下，榨取他人的劳力以享安乐，屠格涅夫认清了农奴制度的罪恶，描写了它。实在，破坏了它。

《罗亭》（1855年）是描写"四十年"时代的俄国社会情形的，这时俄国正在尼古拉一世专治压迫之下，青年对政治方面早已失望，一个个都向艺术哲学宗教方面走去，受了西方自由思想的鼓动，知道反抗了。但都没能力来改革这腐朽的环境，他们整天整夜的空想，说大话，没有一个能实行的。罗亭谈自由，谈牺牲，一遇事实的压迫，却只好服从。

《贵族之家》（1858年）的时代，俄国社会已从理想回到实际，但青年们的能力仍极薄弱，环境的压迫，仍是根深基固，不可动摇。所以像拉夫尔斯基那样的人，总算比较罗亭有毅力些了，但要爱一个女人，也需等听到被压迫而结婚的妻子的死讯后，方敢进行，等到证明他的妻子没有死时，又只好牺牲了真正的恋爱。从这里，我们可以看见当时俄国已经僵化了的旧礼教，有多大的魔力！

《前夜》（1860年）出版，罗亭型的少年已很少，一般青年也较拉夫尔斯基有能力了。但忧郁哲学的空气，仍充满了俄国各处，自命为哲学家艺术家的人们，仍在幻想他的辩证法，仍在画他的未完成的杰作。但有些人，自己不能做什么事，却能帮助人们去奋斗，像海伦这显然是进步了，在《罗亭》和《贵族之家》的时代，俄国连这几种人也没有呢！恒心和毅力，俄国人终于是缺乏的，屠格涅夫只能找到异国的青年，写出一个积极的活动的殷沙洛夫。俄国需要这样的人，当时的俄国却一个也没有！

到了《父与子》（1862年），俄国的时代已大变动了，旧时代虽没有去，新时代却来了，新旧思想已各不相容的决斗了，像贝伐尔（Pavel Petrovich）样代表"父"的时代的人，只是极顽固的死守着旧礼教，崇拜着那既成势力，像巴沙洛夫样代表"子"的时代的人，却否定一切"天经地义"。这样的"否定主义"，虽然是"虚无主义"，没有能做出什么来给人们瞧，就这样有勇气来重新估定一切的价值，已经是俄国人从前无论如何不敢的了。要真能有作有为，却需等待另一个新时代。

《烟》（1867年）的出版，正是俄国又走进思想混乱的道途的时代，也是虚无主义的反动的时代。社交界的妇女愚弄着男子，支配阶级的官吏，仍是那样浅识和愚蠢，有些青年，借着虚无主义的庇护，极自私的乱动，有些青年，又对什么都绝望，意外的消沉，旧道德已动摇，将要没落了，新道德尚未奠定基础，这是如何的恐慌，如何的混乱啊。屠格涅夫回到圣彼得堡第一个遇见的人，就对他这样说："看你的虚无主义者做了些什么罢！他们差不多去烧了城！"实在，这是一个保守主义和改革主义混战的时代！

终于《新时代》（1876年）到了，这时，俄国的思想界经过十几年的纷扰，酝酿，俄国的青年们已经都感到改革的必要了，虽然，他们的环境是那样暗淡，贵族们借着维新来陷害他们，农民们又不能了解他们，他们已开始做改革运动了。不但坐在家里讲改革的方策，而且都一个个跑进工厂，踏入田野，实行他们"到民间去"的运动了，但客观的环境还没多大变化，一切急进的运动，仍不免失败；较缓和的改革，倒确是有效的。屠格涅夫在这里指示人们去做一点一滴的改革，也许这就是时代的曙光吧！

我们要知道，虽然时代在变着，但俄国的社会，在几百年专制压迫之下，绝不会轻易改革的。屠格涅夫虽然描写了各时代的新思潮，但在这些思潮底下，仍然是一个腐旧的虚伪的社会。黑暗的背景，时时在那些新的运动中露出狰狞的面目，充满着热情的青年们，时时受着旧时代人们的讥笑和诅咒，时时遇见事实上的重大打击。从《罗亭》到《新时代》，我们常常看见莱生绿奇式的贪慕着虚荣的女人们，拉特米罗夫将军式浅识的军吏们，和那西皮雅金式的虚伪的贵族们，那些哲学家，那些艺术家，那些维新家，更无处无时不出现他们上等人的脸面，那些可怜的脸面，聪明的人都可看出他们的无聊和浅薄，他们自己，却毫不怕羞的以为光荣，屠格涅夫不得不喊着"啊！这是个什么时代啊！"

时代是永远变动的，但不是时代本身有什么目的，他不会按照一定的目的用一定的方式向前走。一切都是偶然的盲目的走着，谁也不知道是为什么，谁也不知道怎样，到底时代怎样推进，怕也只有命运能决定罢！

人性是命运决定的，时代也是命运决定的，人性和时代反应出来的人生，还是命运决定的！

屠格涅夫自己曾说过："所以我想，真理的根本问题是在各个人的信仰的忠实和信仰的力量上的，反之，事实的结果，却需取决在运命神的手里。只有运命之神能够告诉我们，我们在面前搏击的，究竟是幻像还是实在敌人？"啊！真理会是假的，运命倒是真的，这是什么人生之谜啊！

屠格涅夫的小说几乎每篇都在暗示着宿命论：

《初恋》中父亲和儿子会同爱一个女人；

《春潮中》为了预备结婚出卖房产的人却会忽然爱上买财产的人；

《贵族之家》中两个爱人会因一个荡妇的生死不明，演上了一幕恋爱的悲剧。

《烟》中两个旧情人又会重燃烧起热情重受失恋的苦痛。

这种人生，只有命运可以解释。所以，罗亭曾说："服从命运，不然，怎么办呢？"一个一个的人，自私自利的也好，信仰真理的也好，他们的人性，逃不了命运的支配；一个一个的时代，向前进的也好，开倒车的也好，逃不了命运的拨弄；全人类的生活，都逃不了命运之神的掌握！

人类受了命运的管辖，是人类永久的悲哀。自己不愿服从，事实又逃避不了，只是背起十字架绝望的向前进，这种人生，是如何样的悲剧啊！屠格涅夫是宿命论者，自然有浓厚的悲观色彩，他写恋爱，恋爱是悲剧，他写革命，革命是悲剧，他写全部的人生，人生还是悲剧。读他的小说，我们认识的是人性的特点，看见的是一个时代的实状，感到的是人生永久的悲哀，——人生的运命所支配的悲哀。

屠格涅夫曾拿烟来比喻人生，拿风比喻命运，全人类的生活正像烟啊，"这烟，不绝的升腾，或起或落，缠绕着，勾结着，在草上，在树梢，好像，好像滑稽的小丑，伸展出来，藏匿开去，一层一层的飞过……他们都永远地变迁着，但又还是一样单调的急促的，厌倦的玩着！有时候风向转变了，这条烟，一时弯到左边，一时弯到右边，一时又全体不见。""第二阵风吹来了，一切都向着反对方向冲去，在那儿又是一样的不倦的不停的——而且是无用的飞跃着！"

一切都是烟，一切都好似在那里永远变化着，新的代替旧的，幻影追逐着幻影：但其实呢又全是一样的，人们像烟样的匆匆飞着追求着，一点没得到什么又像烟样的无踪无影的消逝了！

中国人思想中的不朽观念

一

在今天的演讲中，我预备把中国的宗教史和哲学史上各阶段有关不朽或人类死后依存概念的发展情况提供一个历史性的叙述。

这是一个冗长概括三千年的故事，但它的主要纲领却是大致还算明确的。中国人的信仰与思想史可以方便地分成两个主要时期：

（1）中国固有的文明时期（1300B.C.—200A.D.）

中国思想与文化的印度化时期，也就是，佛教和印度人的思想开始影响中国人的生活和制度以来的那一时期（约200A.D.—19世纪）

为了研究中国宗教与思想史（The Religious and IntellectuaI

History）的学者的方便，中国固有的先佛学时期（Pre-
Buddhistic age）可再约略地分成两个主要时代：

（1）原始的中国主义时代（The Era of Primitive
Siniticism），也就是商周民族的宗教信仰与习俗（Practices）
的时代，对于这个时代，这里拟用了"华夏主义"
（Siniticism）或"华夏宗教"（The Sinitic Religion）一词
（1300—700B.C.）。

（2）思想与哲学的成熟时代（700B.C.—200A.D.），包
括老子、孔子（551—479B.C.）迄于王充（29—100A.D.）以
来的正统派哲学家。

为了特别有关中国人思想中的不朽概念的讨论，我们
要问：

①关于早期华夏信仰有关人类死后存在的概念，我们究
竟知道些什么？

②中国正统哲学家对于不朽的概念究竟有什么贡献？

③我们要怎样描述在长期印度文化影响下中国人的人类
死后存在的观念？

二

史学界最重大的事件之一就是晚近的偶然发现，以及后
来在安阳对千万片刻有卜辞的牛肩胛骨和龟甲有计划的发
掘。安阳是商朝最后一个都邑的遗址，依照传统的纪年，商

朝传国年代是1783—1123B.C.（或据另种推算是1751—1123B.C.）。这些考古学的发现物是安阳（这是指小屯村商代遗址）作为商代都城的大约260年间（即1385—1123B.C.）的真实遗物。

近几十年来成千万片刻有卜辞的甲骨已经被收集、研究和考释。实际所见这些骨质"文件"都是在每次占卜以后，由熟练博学的祭司负责保存下来的占卜记录。这些记录里载有日期（此处恐系干支纪日），负责卜问的贞人，卜问的事情，以及在解读了因钻灼而显出的卜兆而得到的答案。

大部分的卜问都是有关一年对于先公先王的定期祭祀，这一类的祖先祭典是非常频繁而有规律的，因此"中央研究院"的董作宾先生，一九二八年第一次指导安阳考古发掘且曾参加了后来历次发掘，已能编成了商代末期的三个帝王在位期间计为1273—1241，1209—1175，以及1174—1123B.C.——总计120年中的祭祀日谱。每一年中的定期祭祀多至360次。所以商人称一年为一"祀"，一个祭祀的周期，实在是不足为怪的了！

其他卜问的事项包括战事、巡行、狩猎、收获、气候、疾病和每一句中的吉运等事项。

1928—1937年科学的发掘结果掘出了几百座商代古墓葬，其中至少有四处是皇室大墓。除了成千成万片刻有卜辞的甲骨以外还发现了极多铸造精美的青铜礼器，生动的石质和象牙的雕刻，大量的家庭用器、武器和头盔，以及上千具的人体骨骸，此外，并发现有埋葬的狗、猪、羊、牛、马一类的家畜和其他多种动物。这些动物是为了奉献给死者而殉葬的。在一个坑穴中曾发现了三十八具马骨，全部都配戴着缀有许多带饰纹的小圆铜泡的缰辔；这些铜泡都还原封未动的摆着，而显出了组成辔头的皮条的痕迹。

很多清楚的证据证明墓葬中有许多尸体是为了奉献给死者而埋葬的。1934—1935年所发掘的多座墓葬中曾发现了千余具无头的人体骨骸。这些骨骸十具一组的分别埋在各个坑穴中。体骨埋在长方坑穴中……而头骨则埋在附近的方坑中。在一个方坑里埋有十个人头骨；头顶朝上，排列成行，全部面向北。跟人体骨骸一起发现的……有小铜刀、斧头以及砺石等三种器物。每坑总是各埋十件，明显地是每人一件。

这些就是考古学所发掘出来的文献的和物质上的证据，借以使我们了解远古历史的华夏宗教（Siniticism）时期中有关祖先崇拜的信仰。

这是第一次使我们从商代王朝和官方所表现的这种祖先崇拜的宗教的形式上认识了它的非凡和奢侈的物质。传统历史曾记载商人是崇拜祖先的灵魂的。但是直到近年来我们才了然定期献祭的几乎令人难以置信的频繁，以及珍贵的殉葬的物品，特别是殉葬的人牲的惊人数量。

无疑的，这类祖先祭祀的周期频数和定期性证明着一种信仰，即死去的祖先一如活人似的也有情、欲和需求，而且这些情、欲和需求是必须借着经常的祭献而得到满足的。大批的殉葬器皿、武器、动物、奴隶和卫士即指示着同样的结论。

中国古代的文献把华夏宗教（Sinitic Religion）时代的人殉品分为两类：第一类，即祭坛上所谓的"用人祭"。在这类人殉仪式中，显然只是用的战俘。另外一类，有一个专用名词，即"殉"，可以释为"死者的侍从"或"伴着死者被埋葬的人"。"殉"字据郑玄（死于200A.D.）的解说是"杀人殉葬以充死者卫士"。这就是说死者需要他自己的卫士保护他，也需要他的宠妾娈童（play boy）陪他作伴。因此被杀殉葬的就是死者曾经指命或愿意"陪伴"他而去的那些人了。

就后来有关"殉"的史证而论，这种杀人殉葬的风俗最初很可能是得于一种"献爱"（Love offering）的风俗，因此将死的人自然会挑选他自己所喜爱的死后伙伴。但是这种风俗竟发展成为一种仪式，于是大批的武装士兵被杀死殉葬以充死者的"卫士"。商代墓葬中所发现的与伟大的死者同葬的人体遗骸无疑是为了充任王者的卫队的。其中很可能有的是选定随着王而殉葬的爱妃，但是他们的遗体却无法确认了。在甲骨卜辞上即有祭祖时献人俘的记载。

依照着一种规律的计划和数字的顺序来埋葬这些人牲的有条不紊的情形，显示了一种根深蒂固的礼仪曾长久地麻痹着人类的自然意识而使得这类惨绝人寰的事件成为常典。当王朝和政府正忙于日常繁复的祖祭的时候，博学的祭司便负起每天的祭礼、占卜、释兆和刻卜辞的职务——在这种情况下，那几乎不可能期望有任何重大的思想和宗教上的觉醒，以有助于宗教制度的变更和改造。这样的觉醒直到倾覆商代的一次大战灭亡了这个帝国以后，甚至在新的征服者的统治之下历经了几百年的种族和文化的冲突以后才告开始的。

三

商朝和商帝国是被周民族征服了的。最初周民族住在遥远的西方，逐渐向东移动，直到军力和政治经过百余年持续不断的发展，终在公元前十二世纪的最后几十年才将商人的军队和盟军压服。

在周朝创建者的一些诰誓中，征服者列举了商代政府及王廷的罪状。对于商代王廷的主要控罪是耽于享乐，罔顾人民，特别是纵酒。但是对于献祭举行的频繁、奢纵、残忍却未加以控诉或谴责。这一事实显示着新的征服者并不认为商代宗教有什么不寻常的残忍或是不当的地方。

但是周征服者似乎原有他们自己的宗教，虽然它包括了一些祖先崇拜的特征，却并没有加以强调，也没有制定过任何繁复的礼仪。另一方面，有许多证据说明这一西方民族是一个最高神，就是他们所谓"帝"或"上帝"的崇拜者。

安阳甲骨卜辞使许多学者推断"帝"甚或"上帝"的观

念对商人是并不陌生的。商人有一种奉少数祖先为神明，也就是说赠以"帝"号的风俗，这似乎是很确实的。另一件事，也似乎是很可能的，就是商人随着时间的演进而发展出来"上帝"最高神，也就是他们的始祖。那是一个部族神。时常，一位在战争及和平时有丰功伟绩的伟大祖先会被提升到神的阶级，并且成为最高神的陪享者。对于神或祖神的祭献也叫做"禘"。傅斯年先生在所著《性命古训辩证》中列举了用有"帝"字的63条甲骨卜辞。在这些条卜辞中，有17次用"帝"字来指称对于神圣祖先的祭祀；6次用为祖神的尊称；26次用为"神"的尊称而没有附加其他形容字。在最后一类里，帝（god）据说能"致雨""止雨""降饥馑"等等。这无疑的暗示着一种一个有意识有权力的神的观念——一种有神论的观念，这种观念似乎曾经由于更具优势的祖先崇拜的祭祀而在发展上受到抑制与阻碍。

周民族在与商文化的长时期接触中逐渐接受了商民族的部族神作为他们自己的神，并且认成是自己的始祖。由于其他种族或部落的借用，商人的神逐渐失去了他的部族属性，而终于变成了遍在的神和最高的主宰。

周人的宗教赞颂诗和政治上的诰誓显示出一种非常深挚的宗教热诚。他们似乎深信，神不满于商代统治者的昏庸无道，因此把它的宠命传赐给周人。他们在战场上的口号是：

上帝临女，无贰尔心。

他们对于自己伟大的王的赞辞是：

穆穆文王，于缉熙敬止，假哉天命。

早期周人似乎发展出来一种含混的观念，以为上帝住在天上，他们有几位伟大的王也会到那里去，且与上帝同在。一首关于文王的颂诗曾这样说：

文王在上……文王陟降，在帝左右。

又在另一首诗里：

下武维周！世有哲王，三天在后。

这几节诗似乎指出，周人对于上帝和少数先王所居住的天的观念是有限度的。这几位先王由于特殊的德能勋业而被允许和上帝同在。

这样具有独占性的天堂，平民是不能分享的，平民大多数是商人，他们受着新的统治阶级的封建诸侯的统治。有些诸侯是从周王朝获得他们原来的采邑的。这些商人继续信奉他们的崇拜祖先的宗教。

但是这种奢纵的皇家祖先崇拜宗教的伟大时代已经永远

的消逝了。伟大的每年周而复始的日祀——周祭也消逝了，大规模的人殉也消逝了。博学的皇家祭祀阶级也贬降为职业的巫史阶级（Professional Class of Scribes and Priests），而靠着在大多数平民和少数统治贵族的家庭中表演和协助殡葬和祭祀讨生活，国家的灾患和个人的贫困已经深深地给他们灌输了谦逊温顺的教训。因此这一巫史阶级便获得了"儒"的统称，意思就是温顺和懦弱。他们仍然传授和表演殡丧和祖先崇拜的传统仪式。

在周代和后来独立相伐的战国时期（1100—250B.C.），统治阶级信神论的宗教（Theistic Religion）和平民更占优势的祖先崇拜宗教似乎已经相互影响而渐渐地融合成为一个可以恰当的称为"华夏宗教"（The Sinitic Religion）的宗教，一种很简化了的祖先崇拜，跟有神论的特性共存，像普遍承认和崇拜着一位高踞于其他小神之上的"天"或"上帝"。主要不同的一点就是长久的居丧期——为父母居丧三年——这原是商人一般奉行的，却长久遭受到周朝统治阶级的反对。这在300B.C.孟子的时代也仍是如此。直到公元二世纪以后，三年之丧才渐渐法定为政府官员的应遵守的礼法。

四

关于中国人最早对于人类死后遗存的观念，我们究能知道些什么呢？

首先让我们来观察一下古代在一个人死去的时候举行的"招魂"仪式。这种仪式见于最早的仪典，而且似乎曾普遍的奉行于华夏宗教的早期，就是所谓"复"的仪式。

当一个人被发现已经死去的时候，他的家属立刻拿着死者的一套衣服，登升屋顶，面向正北，挥动死者衣服而号告："皋、某、复！"三呼而反，抛下衣服，再从屋上下来，拾起衣服，覆于死者身上，然后奉食于死者。

这一古老的仪式暗示着一种观念，即一个人死了以后，有些什么东西从他的身体内出来，且似曾升到天上，因此需在屋顶上举行招复的仪式。

这种招魂的仪式也许暗示着借企望召回逃离的一些东西而使死者复生，奉献食物这一点也似乎暗示着一种信仰，就是某些东西确实被召回来了，虽然这不能使死者复生，却认为是居留在家里，且接受祭献。

那么人死后从他身上出来的究竟是一些什么东西呢？那就是人的"光"或"魂"。在最早的文献上，是即所谓"魄"，就语源学上说，意思就是白色和亮光。值得注意的就是同一个名字"魄"在古代铜器铭文和记载上是用来指称新月增长中的光。新月以后的增长光亮时期即所谓"既生魄"；而满月后的末期，则称之为"既死魄"。原始的中国人似曾认为月有盈亏就是"魄"，即它的"白光"或"魄"的周期性的生和死。

依次类推，早期的中国人也就认为死是人的魄，即

"光"或"魄"的离去。这种类推可能起源于"Will-o'-the-Wisp",即中国人现在所说的"鬼火"。在古代"魄"认为是赋予人生命,知识和智慧的。人死,则魄离人体而变成或认为"鬼",一种是幽灵或魔鬼。但是灵魄脱离人体也许是缓慢的随着生活力的衰退,魄就那么一点一点脱离身体了。迟至公元前第六和第七世纪,学者和政治家在谈到一个人的智慧衰退情形时,就说是"天夺其魄"——意思是说,他将不久于人世了(见《左传》宣十五年,襄二十九年)。

不过后来,魄的观念却慢慢地为新的灵魂观念所取代了;认为灵魂是行动灵活飘然而无形、无色的东西。它很像是从活人口里出来的气息。这就是所谓"魂"。渐渐地,原来"魄"字便不再用来表示赋予生命和光亮的灵魂的意思,而衍变为意指体躯和体力了。

"魂"字,就语源学来说,跟"云"字一样,都意指"云"。云,飘浮,比盈亏之月的皎白部分也似乎更为自由轻灵。"魂"的概念可能是源于南方民族,因为他们把"复"(召呼死者)的仪式叫做"招魂"。

当哲学家们把重要的阴阳观念视为宇宙间的主动和被动的两大力量的时候,他们是当然也尝试要协调不同民族的信仰,而且认为人的灵魂包含着一种静止而不活动的"魄"和一种更活动而为云状的"魂"。

公元前六世纪以后,人们便渐渐地习于把人的灵魂称为"魂"或"魂魄"。在讨论到由于八年前一位曾有权势的政治家被谋杀的鬼魂出现而引起的普遍骚动的时候，名政治家子产（死于公元前522年），当时最聪明的人之一曾说，一个死于非命的强人会变成危害人类的幽灵的。他的解释是这样："人生始生曰魄，既生魄，阳曰魂。用物精多，则魂魄强。是以有精爽，至于神明。匹夫匹妇强死，其魂魄犹能凭依于人以为淫厉，况良霄（被杀的政治家，他的出现已传遍全城。），我先君穆公之胄，子良之孙，子耳之子，数世之卿，从政三世矣……其用物也弘矣，其取精也多矣……而强死，做为鬼，不亦宜乎？"（《左传》昭公七年）

另外一个故事，叙述当时南方吴国另外的一个聪明人季札，他（约在公元前515年）负着外交使命而在北方旅行，旅途中他的爱子死去了。孔子由于这位习于礼的伟大哲学家季札的盛名的感召曾往而观葬。既封墓，季子左祖绕墓三呼道："骨肉归复于土，命也。若魂气，则无不之也，无不之也。"仪式既毕，季札便继续登程了。

这两个常被引述的故事或可指出：一些贤智之士意在从矛盾纷纭的流行信仰基础上抽出一些有关人类"残存"永生（survival）的一般观念。这种一般性的理论，为方便计可援用下列的几句经文加以简赅的说明："体魄则降，知气在上。"（《礼运》）又"魂迷归于天；形魄归于地"（《郊特性》）。显然的，简赅的陈述，跟季札在他儿子葬礼中所谓："骨肉归复于土。若魂气，则无不之也"的话是大致符合的。

124

正统派哲学家关于魂魄仅讨论到这里为止；他们不再臆测魂气离开人体而飘扬于空中以后究竟如何演变。他们以自称一无所知尽力的避免讨论。有的哲学家，如下文所知，实际上甚至否认鬼神的存在。

但是，一般人民却并不为这种犹豫所困扰。他们认为灵魂是一种事实，是一种真实的事物。他们确信灵魂或游动于地下甚或人世之间，通常是看不见的，但在必要时也可以显现。他们确信：正由于有灵魂，才有鬼神；灵魂本来的居处虽是在坟墓内或地下——"黄泉"——却可以且愿意探亲家里族人；鬼魂能够而且真的享用祭献的食物。同样的他们相信，如果不供献食物，鬼会饿，并且可以"饿死"。因为一个古老的信仰说："神不歆非类"（《左传》），正是肇端于这种古老的祖先崇拜宗教信仰，也正由于这才使得人而无后成了一大罪愆。

此外，另一个有关的信仰认为鬼魂如无处可去和享用应得的祭献，就会作祟害人。而这种信仰使得死后没有子嗣的人可以指定和收继子嗣的那种制度合理化了。

但是，甚至在最早的历史时期，中国人的祖先崇拜已对于要崇拜的祖先的数目却上了一项限制。就没有官阶的平民来说，祭献只限于去世的父母和祖父母，甚至在大家族内，祭祀也仅限于三四代。远祖由于每一新的世代（的死亡）而被跻升成为迁祧不祀的阶级。关于例常的迁祧的制度，儒家已有详细的考订，且用于皇朝和帝室的祖先。

那么迁祧的祖先灵魂将会怎样呢？他们不会饿死吗？答案曾是这样，即灵魂渐渐地缩小而最后完全消失。一种流行的信仰认为"新鬼大，故鬼小"。就基于这类信仰。在古老的字典上"死"字便被界说为"澌灭"（《说文》）。这项定义综括了中国平民的常识和知识阶级的怀疑主义（skepticism）和理性主义（rationalism）。总之，早期中国人的华夏宗教含有着一些有关人类死后遗存的观念的，不过赋予生体以生命和知识的人体灵魂，虽视其强弱而做一个短时期的鬼神，却仍渐渐地衰萎而终至完全消散，它不是不灭的。

五

现在，纵是这样中庸的一种有关人类死后遗存的观念也受到哲学家们怀疑和警惕的批评。甚至是出身于巫史阶级的"儒"，且经训练而专司丧祖先祭祀种种仪礼的人正统派哲学家们，也为了祭献和殉葬品的奢侈，以及在某些有权势的阶层中仍残余的原始人殉习俗而感到困扰。

在《左传》（722—468B.C.）这编年史里有六条关于"殉"即杀人殉葬的记载（分见文公六年，宣公十五年，成公二年、十年，昭公十三年，定公二年），其中只有一例（宣公十五年）记载着有意违背了即将死去的父亲的愿望而没有用他的宠妾殉葬。另外的五例则连累了许多人命牺牲在王室的墓葬中。其中两例（昭公十三年及定公二年）正当孔子生时（公元前551—479年）昭公十三年，楚王在内战流亡途中死于芈尹申亥氏。申亥曾以他的两个女儿殉葬。

《檀弓》（《礼记》卷二，其中包括很多关于孔子和他的第一二两代弟子以及同时代人的故事）曾显然带有赞许意味地举出两条委婉拒绝以人殉葬的例子。而这两个例子都似乎属于孔子死后不久的时代。

此外，《左传》还记载了七条（见宣公十五年、三十年，成公三年，昭公五年、九年、十年，定公三年）有关另一型人殉的例子即献俘于祭坛。其中三例，都是用战俘的血衅鼓的奇异风俗——不过牺牲者都被赦免了。定公七年一例，有一个战败"夷狄"之族的王子在战役中被俘，而活生生的送到祭坛作了牺牲，不过祭仪以后却饶了他的命。这条例证是当孔夫子约五十岁时发生在他的故乡鲁国。

这些史例虽限于王朝贵族中国家的活动，但无疑的说明了以人当已死祖先的牺牲这一持久而普遍的风俗。不过由于文明的一般发展早已经达到一个相当高度的人文主义和理性主义的水准，所以大部分这类不人道的习俗的记载都附有史家的严厉非议。纵是这样，这一类的事件在号为文明国度里却仍然被可敬重的人们在奉行着。因此，当时的思想家为促成这种不人道习俗的宗教观念所困恼就无可惊异了。

孔子一派的哲学家似乎获得这样的结论：即促成人殉和厚葬的基本观念就是相信人在死后仍保有他的知识和感觉。

孔子的一位弟子曾说过："夏后氏用明器，示民无知也。殷人用祭器，示民有知也。周人兼用之，示民疑也。"（见《札记·檀弓》上）这段说明坦率的指出明器殉葬和人死后有知的信仰间的历史关联。

孔子自己也持同样的看法。他说：

> 为明器者知丧道矣。……哀哉死者而用生者之器也，不殆用殉乎哉！……涂车雏灵自古有之，明器之道也。……为俑者不仁，殆于用人乎哉？
> （《礼记·檀弓》下和《孟子》卷一第四章）

显然的，孔子和他的一些弟子公开反对以真实的用器殉葬，因为这会暗示人类死后仍然有知的信仰。但是，他们是不是就那样公开地承认且宣扬死者是无知的吗？

孔子和他同派的学者偏于采取一种不轻加臆断的立场，而把这个问题加以保留。孔子说："之死，而致死之，不仁，而不可为也；之死，而致生之，不知，而不可为也"（见《礼记·檀弓》上）。那么正确的态度就是"我们无所知"。

这种事在《论语》中表现的更为明显。当一位弟子问如何事奉鬼神的时候，孔子说："未能事人，焉能事鬼？"于是这位弟子又说："敢问死？"孔子说："未知生，焉知死？"（见《论语·先进》）又某次，孔子问弟子："由，

诲汝知之乎？知之为知之，不知为不知，是知也。"（见《论语·为政》）

就孔子某些弟子来说，只要从不知论的立场再走一步，就会坦白地否认人死后有知，从而否认一切有关鬼神上帝的存在和真实性。公元前五世纪到四世纪时，儒家曾受到敌对的墨教学者的驳斥，认为他们实际是否定鬼神存在的。

墨教是公元前五世纪最伟大的宗教领袖墨翟倡导的。他竭诚奋力地想与人民的神道宗教辩护和改造，因此颇惹起一阵骚动。他信仰一种人格神（A Personal God），而神是希望人该兼爱无私的。他坚决相信鬼神的存在的真实性。在《墨子》一书内，较长的一篇文章就是《明鬼》（卷三十一）。在这篇文章内，墨翟试图以三类论据辩证鬼的存在：（1）许多人确曾见过鬼或听到过鬼的声音，（2）鬼的存在，明白地记载或暗示于许多古籍中，（3）承认鬼神存在有助于人类的道德行为和国家的安谧。

墨翟复兴了并且建立了一个具有伟大力量的宗教。他是中国历史上最伟大最可敬爱的人物之一。但是他却没有"证明"鬼神的存在。

稍后，正统派的中国思想家或不仔细思索而直接地接受了传统的崇拜和祭祀，或是以孔子不轻加臆断的口实而承认他们不知道人在死后究否有知。为了更确定孔子的立场，晚期的儒家捏造了一个故事，作者不明，故事本身初见于公元前一世纪继而以增改的形式而流行于纪元三世纪。故事是这样的，一位弟子问孔子死者是否可知，孔子说："吾欲言死者之有知，将恐孝子顺孙妨生以送死。吾欲言死之无知，将恐不孝之子弃不葬。赐欲知死者有知与无知非今之急，死后自知之。"（见刘向《说苑》卷十八；孔子《家语》卷二。）

但是有些中国思想家却坦白地采取一种无神论的立场。中国最伟大的哲学家之一王充（27—大约100A.D.）写过几篇论文（见《论衡》卷六十一、六十三、六十五）以证明："人死后并不变为鬼，死后无知同时并不能伤害人类。"他直认：当血液在一个人的脉管中停止循环，他的呼吸与灵魂随即分散，尸体腐烂或为泥土，并没有鬼。他的最出名的证明无鬼的推论之一是如此的：如果真的鬼系由死人灵魂所形成，那么，人们所见到的鬼应该是裸体的，确实应该没有穿衣裳。实在的，衣服与带子腐烂后不会有灵魂存在，如何能见到穿着衣裳的鬼？

就我所知，这项论证从来还没有被成功地驳倒过。

六

几乎就在王充致力于他的伟大《论衡》的时候，伟大的佛教侵入了中国，且已经在群众和有权势的阶层中收到了教徒。在短短的两三个世纪内，中国就被这个印度宗教征服了；中国人的思想和信仰，宗教和艺术，甚至生活的各方面，都逐渐地印度化了。这种印度化的过程持续了近乎两千年。

严格地说，原来的佛教是一种无神论的哲学，主张万物包括"自己"，都是原素（elements）的偶然组合，且终将分散而复成为原素。没有什么是永恒的，也无所谓持续和稳定（continuity and stability），无我、无相、无性（no self, no ego, no soul）。

但是中国人民对于这类形而上的理论却并不感兴趣。在一般人心目中，佛教所以是一个伟大的宗教，因为它首先就告诉中国有很多重天和很多层地狱；首先告诉中国以新奇的轮回观念和同样新奇有关前生、今世和来世的善恶报应观念。

这些新奇的观念急切地为千百万的中国男女接受了，因为这正是古老华夏宗教所缺少的。在漫长的岁月里，这一切观念都变成了中国宗教思想和信仰的一部分。它们也变成了复兴的华夏教，即现在盛行的所谓道教的一部分。天堂现已采用了中国名称，地狱也由中国的帝王和审判官来监理。天国的喜悦，地狱的恐怖，天路旅程的逍遥，地狱苦海的沉痛——所有这些观念不仅颂之于歌，笔之于奇幻的故事，并且在到处的庙院里绘成了巨幅生动的壁画，以作为人们日常的启迪和戒惧。

在这种情形下，古老的华夏信仰因愈变得丰富，革新而加强起来了。同样，华夏文化也因此而印度化了。同样，关于灵魂和灵魂永存的古老概念也逐渐完全改观。灵魂虽仍叫魂，但是现在却认为它能够周历轮回而永生的，且无论是好或坏，完全依着善恶报应的绝对因果关系。只有"魂"才进入兜率天，或受无量寿和永明的阿弥陀佛支配的极乐世界。但作恶者的灵魂却要下地狱，遭受下油锅、慢慢地凿、捣、研磨、大卸八块（分尸）一类的酷刑。

中古时代的中国遭受的这种佛教的征服势锐不可当，因此许多的中国学者都被震吓住了。他们面对新宗教夸张的象喻和暧昧的形而上学，而感到耳目眩迷，甚至为之俘获，但是随着时期的演进，中国的人道主义、自然主义和怀疑主义却又渐渐地恢复起来了。

大约在公元510年，也就是佛教征服的高潮时期，一位经学家范缜开始攻击这一新的宗教，而坦白否认灵魂的存在。他撰写了一篇《神灭论》，内中指称："神即形也，形即是神也，是以形存则神存，形谢则神灭也。"下面则是他最精辟的一段辩论：

> 形者神之质，神者形之用……神之于质，犹利之于刀……舍利无刀，舍刀无利，未闻刀没而利存，岂容形亡而神在。

范缜的论文包括三十一项问题和解答。他在文末指出，文旨在从虚伪自私的佛教的统治下解放出可悯的中国。范缜论文的发表大大的触怒了虔信佛教的梁武帝（502—549A.
D.），和尚和尼姑都骚动起来。皇帝发布了一项驳斥范缜
论文的命令，提醒他们举凡三大宗教——儒教、道教、佛
教——都一致主张灵魂的不灭性，而且不学无术心胸狭隘
的范缜至少应该晓然儒家的经典对于这一课题曾是如何解说
的。这项皇帝的敕命曾被一位伟大的佛教方丈热忱地加以翻
印，并分送给六十二位王族朝廷大臣和当时有名的学者以资
征询意见。这六十二位名士在复函里都由衷地赞颂皇帝的
驳斥。

但是史家告诉我们，虽然整个朝廷和全国因范缜的理论
而骚动，没有一个人在反驳他的辩论上获得成功。

范文所称灵魂只是身体功能的表现，并不能在身体死后
独存的论见对于后世中国思想有重大的影响。如哲学家兼史
学家的司马光（公元1019—1086A.D.）在驳斥流行的天堂地
狱信仰时就抱持类似的理论。他说："甚至假如有地狱和凿
焚捣研等形法，当尸体已经已腐烂，灵魂也已分散时，还遗
留有什么东西来承受这些酷刑？"这真是范缜理论的一项注
解了。

七

因此我们考证的实在结果应可分为两方面：（1）流行的
中国固有宗教甚至即在一些显然有识者的努力以求其系统化

合理化以后，也仍含有一种关于人类灵魂及其死后永存的书丛单纯观念。而且正是这种中国的灵魂观念，才由于印度佛教的新思想，而为之加强和革新。（2）中国重要的知识界领袖对于这个问题似乎没有积极的兴趣，果然他们有些什么兴趣的话，他们的讨论也常常要不是终于不可臆断，即是公然否定灵魂和它的不灭。

这使我们要提出两个问题：（1）中国思想家对于灵魂和它的不灭问题为什么不感兴趣？（2）在知识阶级的宗教或精神生活中有没有什么可以认为是代替人类不朽概念的？

第一个问题的答案是中国文化和哲学的传统由于素来偏重人道主义和理性主义，所以哲学家便不大认真关心于死后生活和神鬼的问题。孔子说："未能事人，焉能事鬼？""未知生，焉知死？"这几句话可做为这方面的说明。

另外一次，孔子说："君子不忧不惧，内省不疚，夫何忧何惧"（《论语·颜渊篇》）。在这个人类世界上，道德的生活本身已足够是一个目的，固不需忧虑事后未来或畏惧鬼神。

孔门伟大弟子之一的曾子也给我们留下了一个楷模。他说："士不可以不弘毅，任重而道远。仁以为己任，不亦重乎！死而后已，不亦远乎！"（《论语·泰伯篇》）一个中国君子，如果没有深受印度思想和信仰的影响，对于"死而后已"的想法是不会感到痛苦和后悔的。

现在谈到第二个问题：就中国知识分子来说，究竟有没有什么中国人的概念或信仰可以取代其他宗教人类不朽观念呢？

当然有的，据《左传》记载，公元前549年——即孔子不过是两岁大的孩子的时候——鲁国的一个聪明人叔孙豹曾说过几句名言，即所谓有三个不朽："大上有立德；其次有立功；其次有立言。虽久不废，此之谓不朽。"同时，他举了一个例子："鲁有先大夫曰臧文仲，既没，其言立。"这段话两千五百年来一直是最常被援引的句子，而且一直有着重大的影响。这就是一般所谓的"三不朽"，我常常试译为"三W"，即德（worth）、业（work）、言（words）的不朽。

三不朽论的影响和效果是深厚宏达而不可估计的，而且它本身就是"言"之不朽的最佳证明。

公元1508年，伟大的哲学家王守仁（1528年逝世）的学生问他炼丹术究否可以延年益寿。他答说："我们孔夫子的学派也有我们不朽的见解，例如孔夫子最喜爱的弟子颜回三十二岁去世，但他今天仍然活着，你能相信吗？"

我在写这篇论文的时候，我的记忆使我回想到五十多年前，回想到安徽南部山中我第一次进入的那个乡村学校。每天从高凳上，我可以看见北墙上悬挂的一幅长轴，上面有公元八世纪时政治家和大书法家颜真卿写的一段书札的印本。当我初认草书时，我认出来这张书札开头引用的就是立德、

135

立功、立言的三不朽论。五十年匆匆地过去了，但是我第一次发现这些不朽的话的深刻印象却一直没有毁灭。

这古老的三不朽论，两千五百年来曾使许多的中国学者感到满足。它已经取代了人类死后不朽的观念，它赋与了中国士大夫以一种安全感，纵然死了，但是他个人的德能、功业、思想和语言却在他死后将永垂不朽。

我们不必认为仅有伟大的德能、功业和教言才是不朽的。就我们现代人来说，我们应十分可能且合理的把这种古老的观念重加阐释，民主化或社会化。这样，则所谓德也许才可以意味着我们所以为人的一切，才可以意味着我们所为的一切，才可以意味着我们所想的和所说的一切。这种学说可以得到一种现代的和科学的意义，就是在这个世界上的任何一个人，不论他怎样的鄙陋低微而不足道，总都会留下一些东西，或善或恶，或好或坏。由于不只是好的才能留下来，所以古语说得好："遗臭万年"。对于恶善贤愚不肖都可以贻人的影响的这种了解，而使我们对自己所以不朽的行为思想和言语道义，深深地怀有一种道义的责任感。举凡我们的为人、行事和言谈在这个世界上的某些地方，都会发生影响，而那种影响在别的地方又会发生另外的影响，如此而至于无穷的时间和空间。我们不能全然了解一切，但是一切都存在那里，而至于无穷尽。

总之，就像猫狗会死一样，个人也会死的，但是他却依然存在所谓人类或社会的"大我"之中，而大我是不朽的。

大我的继续存在，成为无量数小我个人成功与失败的永存纪念物。"人类的现状固源于我们若祖若父的贤愚，但是我们终将扮演成何等角色，则需从我们未来的情势去加以判断。"

朱熹论生死与鬼神

《朱子答连嵩卿》（一）

所谓"天地之性即我之性，岂有死而遽亡之理？"此说亦未为非。但不知为此说者以天地为主耶？以我为主耶？

若以天地为主，则此性即自是天地间一个公共道理，更无人物彼此之间，死生古今之别。虽曰死而不亡，然非有我之得私矣。

若以我为主，则只是于自己身上认得一个精神，魂魄，有知有觉之物，即便目为己性，把持作弄，到死不肯放舍，谓之死而不亡。是乃私意之尤者。尚何足与语死生之说，性命之理哉？

释氏之学本是如此。今其徒之黠者往往自知其陋而稍讳之，却去上头别说一般玄妙道理。虽若滉漾不可致诘，然其归宿实不外此。

若果如此，则是一个天地性中，别有若干人物之性，每性各有界限，不相交杂，改名换姓，自生自死，更不由天地阴阳造化，而为天地阴阳者亦无所施其造化矣。是岂有此理乎？烦以此问子晦，渠必有说，却以见谕。

廖子晦（德明）问朱子

夫子告子路曰，"未能事人，焉能事鬼？""未知生，焉知死？"意若曰，知人之理则知鬼之理；知生之理则知死之理。存乎我者无二物也。故正蒙谓"聚亦吾体，散亦吾体。知死而不亡者，可与言性矣。"窃谓死生鬼神之理，斯言尽之。君子之学汲汲修治，澄其浊而求清者，盖欲不失其本心，凝然而常存，不为造化阴阳所累。如此则死生鬼神之理将一于我，而天下之能事毕矣。彼释氏轮回之说，安足以语此！（《朱文公文集》）

朱子答廖子晦（一）

尽爱亲、敬长、贵贵、尊贤之道，则事鬼之心不外乎此矣。知乾坤变化，万物受命之理，则生之有死可得而推矣。夫子之言固所以深晓子路，然学不躐等，于此亦可见矣。近世学者多借先圣之言以文释氏之旨，失其本意远矣。

适按：廖子晦原书说的："君子之学汲汲修治，澄其浊而求清者，盖欲不失其本心，凝然而常存，不为造化阴阳所累"，正是朱子说的"借先圣之言以文释氏之旨"，但朱子答书太简略，没有发挥他的主要论点，故不能说服那位已有很深的成见的廖子晦。

廖子晦再问朱子

德明平日鄙见未免以我为主，盖天地人物，统体只是一性。生有此性，死岂遽亡之？夫水有所激与所碍则成沤，正如二机阖辟不已，妙合而成人物。夫水固水也，沤亦不得不谓之水。特其形则沤，灭则还复，是本水也。人物之生，虽一形具一性，及气散而灭，还复统体，是一而已，岂复分别是人是物之性？

所未莹者，正唯祭享一事，推之未行。若以为果飨耶，"神不歆非类"，大有界限，与统体还一之说不相似，若曰飨与不飨盖不必问，但报本之道不得不然，而《诗》《书》却叫言"神嗜饮食""祖考来格"之类，则又极似有飨之者。

窃谓人虽死无知觉，知觉之原仍在此以诚感，彼以类应。若谓尽无知觉之原，只是一片大虚寂。则似断灭无复实然之理，亦恐未安？

君子曰终，小人曰死，则智愚于此亦各不同。故人不同于鸟兽草木，愚不同于圣。虽以为公共道理，然人须全而归之，然后足以安吾之死。不然，则人何用求至贤圣？何用与天地相似？倒行逆施，均于一死，而不害其为人。是直与鸟兽禽鱼俱坏，懵不知其所存也。

适按：子晦此书是读了《朱子答连嵩卿》书之后的讨论。书中明白引用答连书中语句，如"鄙见未免以我为主"，如"神不歆非类，大有界限"，如"公共道理"，都是。

朱子答廖子晦（二）

死生之论，向来奉答所谕"知生""事人"之问，已发其端。而近答嵩卿书，论之尤详。意明者一读当已洞然无疑矣。而来书之谕尚复如此！虽其连类引义若无津涯，然寻其大指则皆不出前此两书所论之中也。岂未尝深以鄙说思之，而直以旧闻为主乎？既承不鄙，又不得不有以奉报，幸试思之。

盖贤者之见所以不能无失者，正坐以我为主，以觉为性尔。夫性者，理而已矣。乾坤变化，万物受命，虽所禀之在我，然其理则非有我之所得私也。所谓"反身而诚"，盖谓尽其所得乎己之理，则知天下万物之理初不外此；非谓尽得我此知觉，则众人之知觉皆是此物也。

性即是理，不可以聚散言。其聚而生，散而死者，气而已矣。所谓精神魂魄有知有觉者，皆气之所为也，故聚则有，散则无。若理则初不为聚散而有无也。但有是理则有是气，苟气聚乎此，则其理亦命乎此耳。不得以水沤比也。

鬼神便是精神魂魄，程子所谓天地之功用，造化之迹；张子所谓二气之良能，皆非性之谓也。故祭祀之礼，以类而感，以类而应。若性则又岂有"类"之可言耶？然气之已散者，既化而无有矣，其根于理而日生者，则固浩然而无穷也。故上蔡谓我之精神即祖考之精神，盖谓此也。

然圣人之制祭祀也，设主立尸，萧灌鬯，或求之阴，或求之阳，无所不用其极，而犹止曰"庶或享之"而已。其至诚恻怛精微恍惚之意，盖有圣人所不欲言者。非可以世俗粗浅知见执一而求也。岂曰一受其成形，则此性遂为吾有，虽死而犹不灭，截然自为一物，藏乎寂然一体之中，俟夫子孙之求，而时出以飨之耶？

必如此说，则其界限之广狭，安顿之处所，必有可指言者。且自开辟以来，积至于今，其重并积叠，计已无地之可容矣。是又安有此理耶？

且乾坤造化如大洪炉，人物生生，无少休息，是乃所谓实然之理，不忧其断灭也。今乃以"一片大虚寂"目之，而反认人物已死之知觉，谓之实然之理，岂不误哉？

又圣贤所谓归全安死者，亦曰无失其所受乎天之理，则可以无愧而死耳。非以为实有一物可奉持而归之，然后吾之不断不灭者得以晏然安处乎冥漠之中也。"夭寿不贰，修身

142

以俟之"，是乃无所为而然者。与异端为"生死事大，无常迅速"然后学者，正不可同日而语。今乃混而言之，以彼之见为此之说，所以为说愈多而愈不合也。

凡此皆亦粗举其端。其曲折则有非笔舌所能尽者。幸并前两说，参考而熟思之，其必有得矣。

若未能遽通，即且置之。姑即夫理之切近而平易者，实下穷格工夫，使其积而贯通焉，则于此自当晓解，不必别作一道理求也。但恐固守旧说，不肯如此下工，则拙者虽复多言，终亦无所补耳。

朱子答廖子晦（十七）

来书疑著生死鬼神之说。此无可说。只缘有个"私"字，分了界至，故放不下耳。除了此字，只看太极两仪，乾父坤母，体性之本然，还有此间隔否耶？

朱子答廖子晦（十八）

前此屡辱贻书，有所讲论。每窃怪其语之不伦，而未能深晓其故，只据一时鄙见所未安处草草奉答，往往只是说得皮肤，不能切中其病。所以贤者亦未深悉，而犹有今日之论也。……

详来谕，正谓日用之间别有一物光辉闪烁，动荡流转，是即所谓"无极之真"，所谓"谷神不死"，——二语皆来书所引，——所谓"无位真人"，——此释氏语，正谷神之酋长也。学者合下便要识得此物，而后将心想象照管，要得常在目前，乃为根本工夫，至于学问践履，零碎凑合，则自是下一截事，与此粗细迥然不同。虽以颜子之初，钻高仰坚，瞻前忽后，亦是未见此物，故不得为实见耳。

此其意则善矣，然若果是如此，则圣人设教，首先便合痛下言语，直指此物，教人着紧体察，要令实见；着紧把捉，要常在目前，以为直截根源之计。而却都无此说，但只教人格物致知，克己复礼，一向就枝叶上零碎处做工夫！岂不误人枉费日力耶？

……盖原此理之所自来，虽极微妙，然其实只是人心之中许多合当做底道理而已。……若论功夫，则只择善固执，中正仁义，便是理会此事处，非是别有一段根原功夫又在讲学应事之外也。

如说"求其放心"，亦只是说日用之间，收敛整齐，不使心念向外走作，应几其中许多合做底道理渐次分明，可以体察。亦非提[提]取此物藏在胸中，然后别分一心出外以应事接物也。……

朱子答董叔种（铢）

盘庚言其先王与其群臣之祖父，若有真物在其上，降灾降罚，与之周旋从事于日用之间者。铢窃谓此亦大概言理之所在质诸鬼而无疑尔。而殷俗尚鬼，故以其深信者导之，夫岂亦真有一物耶？

鬼神之理，圣人盖难言之。谓真有一物固不可。谓非真有一物，亦不可。若未能晓然见得，且阙之，可也。

《朱子语类》论鬼神

陈淳　录

鬼神事自是第二著。那个无形影是难理会底，未消去理会。且就日用切紧处做工夫。子曰，未能事人，焉能事鬼？未知生，焉知死？此说尽了。此便是合理会底。理会得，将间，鬼神自有见处。若合理会底不理会，只管去理会没紧要底，将间，都没理会了。

吴必大　录

或问鬼神有无。曰，此岂卒乍可说？便说，公亦岂能信得及？须于众理看得渐明，则此惑自解。樊迟问知，子曰，"务民之义，敬鬼神而远之，可谓知矣。"人且理会合当理会底事。其理会未得底，且推向一边，待日用常行处理会得透，则鬼神之理将自见得，乃所以为知也。"未能事人，焉能事鬼"，意亦如此。

胡泳　录

气聚则生，气散则死。

李闳祖　录

……人所以生，精气聚也。人只有许多气，须有个尽时。尽则魂气归于天，形魄归于地，而死矣。……此所以有生必有死，有始必有终也。……然人死虽终归于散，然亦未便散尽，故祭祀有感格之理。先祖世次远者，气之有无不可知，然奉祭祀者既是他子孙，必竟只是一气，所以有感通之理。然已散者不复聚。释氏却谓人死为鬼，鬼复为人，如此则天地间常只是许多人来来去去，更不由造化生生，必无是理。……

陈淳　录

问人死时是当初禀得许多气，气尽则无否？曰，是。曰，如此则与天地造化不相干？曰，"死生有命"。当初禀得气时，便定了，便是天地造化，只有许多气。……

沈侗　录

问人之死也，不知魂魄便散否？曰，固是散。……

要之，通天地人只是这一气。所以说，洋洋然如在其上，如在其左右。虚空偪塞，无非此理。自要人看得活，难以言晓也。所以明道答人鬼神之问，云，"要与贤说无，何故圣人却说有？要与贤说有，贤又来问某讨说。"只说到这里，要人自看得。孔子曰，"未能事人，焉能事鬼。"而今且去理会紧要道理，少间看得道理通时，自然晓得。……

我的儿子

我实在不要儿子，
儿子自己来了。
"无后主义"的招牌，
于今挂不起来了！
譬如树上开花，
花落偶然结果。
那果便是你，
那树便是我。
树本无心结子，
我也无恩于你。
但是你既来了，
我不能不养你教你，
那是我对人道的义务，

并不是待你的恩谊。

将来你长大时，

莫忘了我怎样教训儿子：

我要你做一个堂堂的人，

不要你做我的孝顺儿子。

赋得父子打苍蝇

父子打苍蝇，
各出一身汗。
堂堂好男儿，
莫作自了汉。

先母行述

先母冯氏（1873—1918），绩溪中屯人，生于清同治癸酉四月十六日，为先外祖振爽公长女。家世业农，振爽公勤俭正直，称于一乡；外祖母亦慈祥好善；所生子女禀其家教，皆温厚有礼，通大义。先母性尤醇粹，最得父母钟爱。先君铁花公元配冯氏遭乱殉节死，继配曹氏亦不寿，闻先母贤，特纳聘焉。

先母以清光绪己丑来归，时年十七。明年，随先君之江苏宦所。辛卯，生适于上海。其后先君转官台湾，先母留台二年。甲午，中东事起，先君遣眷属先归，独与次兄觉居守。割台后，先君内渡，卒于厦门，时乙未七月也。

先母遭此大变时，仅二十三岁。适刚五岁。先君前娶曹氏所遗诸子女，皆已长大。先大兄洪骏已娶妇生女，次兄觉及先三兄洪（孪生）亦皆已十九岁。先母内持家政，外应门

150

户，凡十余年。以少年作后母，周旋诸子诸妇之间，其困苦艰难有非外人所能喻者。先母一一处之以至诚至公，子妇间有过失，皆容忍曲喻之；至不能忍，则闭户饮泣自责；子妇奉茶引过，始已。

先母自奉极菲薄，而待人接物必求丰厚；待诸孙皆如所自生，衣履饮食无不一致。是时一家日用皆仰给于汉口、上海两处商业，次兄觉往来两地经理之。先母于日用出入，虽一块豆腐之细，皆令适登记，俟诸兄归时，令检阅之。

先君遗命必令适读书。先母督责至严，每日天未明即推适披衣起坐，为缕述先君道德事业，言，"我一生只知有此一个完全的人，汝将来做人总要学尔老子。"天明，即令适着衣上早学。九年如一日，未尝以独子有所溺爱也。及适十四岁，即令随先三兄洪至上海入学，三年始令一归省。人或谓其太忍，先母笑颔之而已。

适以甲辰年别母至上海，是年先三兄死于上海，明年乙巳先外祖振爽公卒。先母有一弟二妹，弟名诚厚，字敦甫，长妹名桂芬，次妹名玉英，与先母皆极友爱。长妹适黄氏，不得于翁姑。先母与先敦甫舅痛之，故为次妹择婿甚谨。先母有姑适曹氏，为继室，其前妻子名诚均者，新丧妇。先母与先敦甫舅皆主以先玉英姨与之，以为如此则以姑侄为姑媳，定可相安。先玉英姨既嫁，未有所出，而夫死。先玉英姨悲伤咯血，姑又不谅，时有责言，病乃益甚，又不肯服药，遂死。时宣统己酉二月也。

姨病时，先敦甫舅日夜往视，自恨为妹主婚致之死，悼痛不已，遂亦病。顾犹力疾料理丧事，事毕，病益不支，腹胀不消。念母已老，不忍使知，乃来吾家养病。舅居吾家二月，皆先母亲侍汤药，日夜不懈。

先母爱弟妹最笃，尤恐弟疾不起，老母暮年更无以堪；闻俗传割股可疗病，一夜闭户焚香祷天，欲割臂肉疗弟病。先敦甫舅卧厢室中，闻檀香爆炸，问何声。母答是风吹窗纸，令静卧勿拢。俟舅既睡，乃割左臂上肉，和药煎之。次晨，奉药进舅，舅得肉不能咽，复吐出，不知其为姊臂上肉也。先母拾肉，持出炙之，复问舅欲吃油炸锅巴否，因以肉杂锅巴中同进。然病终不愈，乃舁舅归家。先母随往看护。妗氏抚幼子，奉老亲；先母则日侍病人，不离床侧。已而先敦甫舅腹胀益甚，竟于己酉九月二十七日死，距先玉英姨死时，仅七阅月耳。

先是吾家店业连年屡遭失败，至戊申仅余汉口一店，已不能支持内外费用。己酉，诸兄归里，请析产，先母涕泣许之；以先长兄洪骏幼失学，无业，乃以汉口店业归长子，其余薄产分给诸子，每房得田数亩，屋三间而已。先君一生作清白吏，俸给所积，至此荡尽。先母自伤及身见家业零败，又不能止诸子离异，悲愤咯血。时先敦甫舅已抱病，犹力疾为吾家理析产事。事毕而舅病日深，辗转至死。先母既深恸弟妹之死，又伤家事衰落，隐痛积哀，抑郁于心；又以侍弟疾劳苦，体气浸衰，遂得喉疾，继以咳嗽，转成气喘。

时适在上海，以教授英文自给，本拟次年庚戌暑假归省；及明年七月，适被取赴美国留学，行期由政府先定，不及归别，匆匆去国。先母眷念游子，病乃日深。是时诸兄虽各立门户，然一切亲戚庆吊往来，均先母一身撑拄其间。适远在异国，初尚能节学费，卖文字，略助家用。其后学课益繁，乃并此亦不能得。家中日用，皆取给于借贷。先母于此六七年中，所尝艰苦，笔难尽述。适至今闻邻里言之，犹有余痛也。

辛亥之役，汉口被焚，先长兄只身逃归，店业荡然。先母伤感，病乃益剧，然终不欲适辍学，故每寄书，辄言无恙。及民国元二年之间，病几不起。先母招照相者为摄一影，藏之，命家人曰，"吾病若不起，慎勿告吾儿；当仍倩人按月作家书，如吾在时。俟吾儿学成归国，乃以此影与之。吾儿见此影，如见我矣。"已而病渐愈，亦终不促适归国。适留美国七年，至第六年后始有书促早归耳。

民国四年冬，先长姊与先长兄前后数日相继死。先长姊名大菊，年长于先母，与先母最相得。先母尝言，"吾家大菊可惜不是男子。不然，吾家决不至此也。"及其死，先母哭之恸。又念长嫂二子幼弱无依，复令与己同爨。先三兄洪出嗣先伯父，死后三嫂守节抚孤，先母亦令同居。盖吾家分后，至是又几复合。然家中担负日增，先母益劳悴，体气益衰。

民国六年七月，适自美国归。与吾母别十一年矣。归省之时，慈怀甚慰，病亦稍减。不意一月之后，长孙思明病死

153

上海。先长兄遗二子，长即思明，次思齐，八岁忽成聋哑。先母闻长孙死耗，悲感无已。适归国后，即任北京大学教授；是年冬，归里完婚，婚后复北去，私心犹以为先母方在中年，承欢侍养之日正长；岂意先母屡遭患难，备尝劳苦，心血亏竭，体气久衰，又自奉过于俭薄，无以培补之；故虽强自支撑，以慰儿妇，然病根已深，此别竟成永诀矣。

溯近年先母喘疾，每当冬春二季辄触发，发甚或至呕吐。夏秋气候暖和，疾亦少闲。今冬（七年）旧疾初未大发，自念或当愈于往岁。不料新历十一月十一日先母忽感冒时症，初起呕逆咳嗽，不能纳食；比即延医服药，病势尚无出入；继被医者误投"三阳表劫"之剂，心烦自汗，顿觉困惫；及请他医诊治，病已绵惙，奄奄一息，已难挽回；遂于十一月二十三日晨一时，弃适等长逝，享年仅四十有六岁。次日，适在京接家电，以道远，遂电令侄思水、思齐等先行闭殓，即与妻江氏，及侄思聪，星夜奔归。归时，殓已五日矣。

先母所生，只适一人，徒以爱子故，幼岁即令远出游学；十五年中，侍膝下仅四五月耳。生未能侍，病未能侍，毕世劬劳未能丝毫分任，生死永决乃亦未能一面。平生惨痛，何以如此！伏念先母一生行实，虽纤细琐屑不出于家庭闾里之间，而其至性至诚，有宜永存而不朽者，故粗叙梗概，随讣上闻，伏乞矜鉴。（此篇因须在乡间用活字排印，故不能不用古文。我打算将来用白话为我的母亲做一篇详细的传。）

"胡适先生到底怎样？"

　　这是上海《民国日报》邵力子先生一条"随感录"的标题。关于这个问题，北京颇有几位医生研究过；但是他们还不曾有简单的答案。最近我因发现糖尿，从十二月二十九日起，住在亚洲第一个设备最完全的医院里，受了三十次的便尿分验，三次的血的分验，七日的严格的食料限制；内科专家也看过，神经科专家白发的Woods博士也看过。然而他们到今天还不肯给我一个简单的答案。这并不是怪他们本事不行；这正是恭维他们的科学精神；因为科学精神的第一个条件是不肯轻下判断。但是我的病，我的告假，似乎颇引起了一些人的误会。上个月我在国语讲习所告假，那边就有人疑心我的告假是和国务会议"取缔新思想"的议案有关系了。现在邵力子先生这一段"随感录"，很带有同样的疑心。他引《向导》周报国焘的话：

目前怎么样办呢？还是三十六计，跑为上计呢？还是坚持原来的主张呢？还是从此更有新的觉悟呢？

他接着就提到我因病向大学请假一年的启事；他虽不明说，然而他的疑心是很明显的。我借这个机会敬告邵力子先生和有同样疑心的人：

"三十六计，跑为上计"：这种心理从不曾到过我脑子里。中国的事所以糟到这步田地，这种卑劣的心理未尝不是一个大原因。我们看看租界上的许多说风凉话高谈主义的人，许多从这里那里"跑"来的伟人小政客，就可以晓得这种卑劣心理造的福和种的孽了！

我是不跑的。生平不知趋附时髦；生平也不知躲避危险。封报馆，坐监狱，在负责任的舆论家的眼里，算不得危险。然而"跑"尤其是"跑"到租界里去唱高调：那是耻辱！那是我决不干的！

介绍我自己的思想
——《胡适文选》自序

　　我在这十年之中，出版了三集《胡适文存》，约计有一百四五十万字。我希望少年学生能读我的书，故用报纸印刷，要使定价不贵。但现在三集的书价已在七元以上，贫寒的中学生已无力全买了。字数近百五十万，也不是中学生能全读的了。所以我现在从这三集里选出了二十二篇论文，印作一册，预备给国内的少年朋友们作一种课外读物。如有学校教师愿意选我的文字作课本的，我也希望他们用这个选本。

　　我选的这二十二篇文字，可以分作五组。

　　第一组六篇，泛论思想的方法。

　　第二组三篇，论人生观。

　　第三组三篇，论中西文化。

　　第四组六篇，代表我对于中国文学的见解。

第五组四篇，代表我对于整理国故问题的态度与方法。

为读者的便利起见，我现在给每一组作一个简短的提要，使我的少年朋友们容易明白我的思想的路径。

一

第一组收的文字是：

演化论与存疑主义

杜威先生与中国

杜威论思想

问题与主义

新生活

新思潮的意义

我的思想受两个人的影响最大：一个是赫胥黎，一个是杜威先生。赫胥黎教我怎样怀疑，教我不信任一切没有充分证据的东西。杜威先生教我怎样思想，教我处处顾到当前的问题，教我把一切学说理想都看作待证的假设，教我处处顾到思想的结果。这两个人使我明了科学方法的性质与功用，故我选前三篇介绍这两位大师给我的少年朋友们。

从前陈独秀先生曾说实验主义和辩证法的唯物史观是近代两个最重要的思想方法，他希望这两种方法能合作一条联合战线。这个希望是错误的。辩证法出于黑格尔的哲学，是生物进化论成立以前的玄学方法。实验主义是生物进化论出世以后的科学方法。这两种方法所以根本不相容，只是因为中间隔了一层达尔文主义。达尔文的生物演化学说给了我们一个大教训：就是教我们明了生物进化，无论是自然的演变，或是人为的选择，都由于一点一滴的变异，所以是一种很复杂的现象，决没有一个简单的目的地可以一步跳到，更不会有一步跳到之后可以一成不变。辩证法的哲学本来也是生物学发达以前的一种进化理论；依他本身的理论，这个一正一反相毁相成的阶段应该永远不断的呈现。但狭义的共产主义者却似乎忘了这个原则，所以武断的虚悬一个共产共有的理想境界，以为可以用阶级斗争的方法一蹴即到，既到之后又可以用一阶级专政方法把持不变。这样的化复杂为简单，这样的根本否定演变的继续便是十足的达尔文以前的武断思想，比那顽固的黑格尔更顽固了。

实验主义从达尔文主义出发，故只能承认一点一滴的不断的改进是真实可靠的进化。我在《问题与主义》和《新思潮的意义》两篇里，只发挥这个根本观念。我认定民国六年以后的新文化运动的目的是再造中国文明，而再造文明的途径全靠研究一个个的具体问题。我说：

文明不是笼统造成的，是一点一滴的造成的。进化不是一晚上笼统进化的，是一点一滴的进化的。现今的人爱谈"解放"与"改造"，须知解放不是笼统解放，改造也不是笼统改造。解放是这个那个制度的解放，这种那种思想的解放，这个那个人的解放：都是一点一滴的解放。改造是这个那个制度的改造，这种那种思想的改造，这个那个人的改造：都是一点一滴的改造。

再造文明的下手工夫是这个那个问题的研究。再造文明的进行是这个那个问题的解决。

我这个主张在当时最不能得各方面的了解。当时（民国八年）承"五四""六三"之后，国内正倾向于谈主义。我预料到这个趋势的危险，故发表"多研究些问题，少谈些主义"的警告。我说：

凡是有价值的思想，都是从这个那个具体的问题下手的。先研究了问题的种种方面的种种事实，看看究竟病在何处，这是思想的第一步工夫。然后根据于一生的经验学问，提出种种解决的方法，提出种种医病的丹方，这是思想的第二步工夫。然后用一生的经验学问，加上想像的能力，推思每一种假定的解决法应该可以有什么样的效果，更推想这种效果是否真能解决眼前这个困难问题。推想的结果，拣定一种假定的[最满意的]解决，认为我的主张，这是思想的第三步工夫。凡是有价值的主张，都是先经过这三步工夫来的。

我又说：

一切主义，一切学理，都该研究。但只可认作一些假设的[待证的]见解，不可认作天经地义的信条；只可认作参考印证的材料，不可奉为金科玉律的宗教；只可用作启发心思的工具，切不可用作蒙蔽聪明，停止思想的绝对真理。如此方才可以渐渐养成人类的创造的思想力，方才可以渐渐使人类有解决具体问题的能力，方才可以渐渐解放人类对于抽象名词的迷信。

这些话是民国八年七月写的。于今已隔了十几年，当日和我讨论的朋友，一个已被杀死了，一个也颓唐了，但这些话字字句句都还可以应用到今日思想界的现状。十几年前我所预料的种种危险——"目的热"而"方法盲"，迷信抽象名词，把主义用作蒙蔽聪明停止思想的绝对真理——一一都显现在眼前了。所以我十分诚恳的把这些老话贡献给我的少年朋友们，希望他们不可再走错了思想的路子。

《新生活》一篇，本是为一个通俗周报写的；十几年来，这篇短文走进了中小学的教科书里，读过的人应该在一千万以上了。但我盼望读过此文的朋友们把这篇短文放在同组的五篇里重新读一遍。赫胥黎教人记得一句"拿证据来！"我现在教人记得一句"为什么？"少年的朋友们，请仔细想想：你进学校是为什么？你进一个政党是为什么？你努力做革命工作是为什么？革命是为了什么而革命？政府是为了什么而存在？

请大家记得：人同畜生的分别，就在这个"为什么"上。

二

第二组的文字只有三篇：

《科学与人生观》序

不朽

易卜生主义

这三篇代表我的人生观，代表我的宗教。

《易卜生主义》一篇写的最早，最初的英文稿是民国三年在康奈尔大学哲学会宣读的，中文稿是民国七年写的。易卜生最可代表十九世纪欧洲的个人主义的精华，故我这篇文章只写得一种健全的个人主义的人生观。这篇文章在民国七八年间所以能有最大的兴奋作用和解放作用，也正是因为它所提倡的个人主义在当日确是最新鲜又最需要的一针注射。

娜拉抛弃了家庭丈夫儿女，飘然而去，只因为她觉悟了她自己也是一个人，只因为她感觉到她"无论如何，务必努力做一个人"。这便是易卜生主义。易卜生说：

> 我所最期望于你的是一种真实纯粹的为我主
> 义，要使你有时候觉得天下只有关于你的事最要
> 紧，其余的都算不得什么。……你要想有益于社
> 会，最好的法子莫如把你自己这块材料铸造成
> 器……有的时候我真觉得全世界都像海上撞沉了
> 船，最要紧的还是救出自己。

这便是最健全的个人主义。救出自己的唯一法子便是把
你自己这块材料铸造成器。把自己铸造成器，方才可以希望
有益于社会。真实的为我，便是最有益的为人。

把自己铸造成了自由独立的人格，你自然会不知足，不
满意于现状，敢说老实话，敢攻击社会上的腐败情形，做一
个"贫贱不能移，富贵不能淫，威武不能屈"的斯铎曼医
生。斯铎曼医生为了说老实话，为了揭穿本地社会的黑幕，
遂被全社会的人喊作"国民公敌"。但他不肯避"国民公
敌"的恶名，他还要说老实话：他大胆的宣言：

> 世上最强有力的人就是那最孤立的人！

这也是健全的个人主义的真精神。

这个个人主义的人生观一面教我们学娜拉，要努力把自

己铸造成个人；一面教我们学斯铎曼医生，要特立独行，敢说老实话，敢向恶势力作战。少年的朋友们，不要笑这是十九世纪维多利亚时代的陈腐思想！我们去维多利亚时代还老远哩。欧洲有了十八九世纪的个人主义，造出了无数爱自由过于面包，爱真理过于生命的特立独行之士，方才有今日的文明世界。

现在有人对你们说："牺牲你们个人的自由，去求国家的自由！"我对你们说："争你们个人的自由，便是为国家争自由！争你们自己的人格，便是为国家争人格！自由平等的国家不是一群奴才建造得起来的！"

《科学与人生观序》一篇略述民国十二年的中国思想界里的一场大论战的背景和内容。（我盼望读者能参读《文存》三集里《几个反理学的思想家》的吴敬恒一篇）在此序的末段，我提出我所谓"自然主义的人生观"。这不过是一个轮廓，我希望少年的朋友们不要仅仅接受这个轮廓，我希望他们能把这十条都拿到科学教室和实验室里去细细证实或否证。

这十条的最后一条是：

根据于生物学及社会学的知识，叫人知道个人——"小我"——是要死灭的，而人类——"大我"——是不死的，不朽的；叫人知道"为全种万世而生活"就是宗教，就是最高的宗教；而那些

替个人谋死后的天堂净土的宗教乃是自私自利的
宗教。

这个意思在这里说的太简单了，读者容易起误解。所以
我把《不朽》一篇收在后面，专说明这一点。

我不信灵魂不朽之说，也不信天堂地狱之说，故我说这
个小我是会死灭的。死灭是一切生物的普遍现象，不足怕，
也不足惜。但个人自有他的不死不灭的部分：他的一切作
为，一切功德罪恶，一切语言行事，无论大小，无论善恶，
无论是非，都在那大我上留下不能磨灭的结果和影响。他吐
一口痰在地上，也许可以毁灭一村一族。他起一个念头，也
许可以引起几十年的血战。他也许"一言可以兴邦，一言可
以丧邦"。善亦不朽，恶亦不朽；功盖万世固然不朽，种一
担谷子也可以不朽，喝一杯酒，吐一口痰也可以不朽。古人
说："一出言而不敢忘父母，一举足而不敢忘父母。"我们
应该说："说一句话而不敢忘这句话的社会影响，走一步路
而不敢忘这步路的社会影响。"这才是对于大我负责任。能
如此做，便是道德，便是宗教。

这样说法，并不是推崇社会而抹煞个人。这正是极力抬
高个人的重要。个人虽渺小，而他的一言一动都在社会上留
下不朽痕迹，芳不止流百世，臭也不止遗万年，这不是绝对
承认个人的重要吗？成功不必在我，也许在我千百年后，但
没有我也决不能成功。毒害不必在眼前，"我躬不阅，遑恤

165

我后！"然而我岂能不负这毒害的责任？今日的世界便是我们的祖宗积的德，造的孽。未来的世界全看我们自己积什么德或造什么孽。世界的关键全在我们手里，真如古人说的"任重而道远"，我们岂可错过这绝好的机会，放下这绝重大的担子？

有人对你说，"人生如梦"。就算是一场梦罢，可是你只有这一个做梦的机会。岂可不振作一番，做一个痛痛快快轰轰烈烈的梦？

有人对你说，"人生如戏"。就说是做戏罢，可是，吴稚晖先生说的好："这唱的是义务戏，自己要好看才唱的；谁便无端的自己扮做跑龙套，辛苦的出台，止算做没有呢？"

其实人生不是梦，也不是戏，是一件最严重的事实。你种谷子，便有人充饥；你种树，便有人砍柴，便有人乘凉；你拆烂污，便有人遭瘟；你放野火，便有人烧死。你种瓜便得瓜，种豆便得豆，种荆棘便得荆棘。少年的朋友们，你爱种什么？你能种什么？

三

第三组的文字，也只有三篇：
我们对于西洋近代文明的态度
漫游的感想

请大家来照照镜子

在这三篇里，我很不客气的指摘我们的东方文明，很热烈的颂扬西洋的近代文明。

人们常说东方文明是精神的文明，西方文明是物质的文明，或唯物的文明。这是有夸大狂的妄人捏造出来的谣言，用来遮掩我们的羞脸的：其实一切文明都有物质和精神的两部分：材料都是物质的，而运用材料的心思才智都是精神的。木头是物质；而刳木为舟，构木为屋，都靠人的智力，那便是精神的部分。器物越完备复杂，精神的因子越多。一只蒸汽锅炉，一辆摩托车，一部有声电影机器，其中所含的精神因子比我们老祖宗的瓦罐，大车，毛笔多的多了。我们不能坐在舢板船上自夸精神文明，而嘲笑五万吨大汽船是物质文明。

但物质是倔强的东西，你不征服他，他便要征服你。东方人在过去的时代，也曾制造器物，做出一点利用厚生的文明，但后世的懒惰子孙得过且过，不肯用手用脑去和物质抗争，并且编出"不以人易天"的懒人哲学，于是不久便被物质战胜了。天旱了，只会求雨；河决了，只会拜金龙大王；风浪大了，只会祷告观音菩萨或天后娘娘。荒年了，只好逃荒去；瘟疫来了，只好闭门等死；病上身了，只好求神许愿。树砍完了，只好烧茅草；山都精光了。只好对着叹气。这样又愚又懒的民族，不能征服物质，便完全被压死在物质环境之下，成了一分像人九分像鬼的不长进民族，所以我说：

> 这样受物质环境的拘束与支配，不能跳出来，不能运用人的心思智力来改造环境改良现状的文明，是懒惰不长进的民族的文明，是真正唯物的文明。反过来看看西洋的文明，这样充分运用人的聪明智慧来寻求真理以解放人的心灵，来制服天行以供人用，来改造物质的环境，来改革社会政治的制度，来谋人类最大多数的最大幸福，——这样的文明是精神的文明。

这是我的东西文化论的大旨。

少年的朋友们，现在有一些妄人要煽动你们的夸大狂，天天要你们相信中国的旧文化比任何国高，中国的旧道德比任何国好。还有一些不曾出国门的愚人鼓起喉咙对你们喊道，"往东走！往东走！西方的这一套把戏是行不通的了！"

我要对你们说：不要上他们的当！不要拿耳朵当眼睛！睁开眼睛看看自己，再看看世界。我们如果还想把这个国家整顿起来，如果还希望这个民族在世界上占一个地位，——只有一条生路，就是我们自己要认错。我们必须承认我们自己百事不如人，不但物质机械上不如人，不但政治制度不如人，并且道德不如人，知识不如人，文学不如人，音乐不如人，艺术不如人，身体不如人。

肯认错了，方才肯死心塌地的去学人家。不要怕模仿，因为模仿是创造的必要预备工夫。不要怕丧失我们自己的民族文化，因为绝大多数人的惰性已尽够保守那旧文化了，用不着你们少年人去担心。你们的职务在进取，不在保守。

请大家认清我们当前的紧急问题。我们的问题是救国，救这衰病的民族，救这半死的文化。在这件大工作的历程里，无论什么文化，凡可以使我们起死回生，返老还童的，都可以充分采用，都应该充分收受。我们救国建国，正如大匠建屋，只求材料可以应用，不管他来自何方。

四

第四组的文字有六篇：

建设的文学革命论

《尝试集》自序

文学进化观念

国语的进化

文学革命运动

《词选》自序

这里有一部分是叙述文学革命运动的经过的，有一部分是我自己对于文学的见解。

我在这几十年的中国文学革命运动上，如果有一点点贡献，我的贡献只在：

（1）我指出了"用白话作新文学"的一条路子。

（2）我供给了一种根据于历史事实的中国文学演变论，使人明了国语是古文的进化，使人明了白话文学在中国文学史上占什么地位。

（3）我发起了白话新诗的尝试。这些文字都可以表出我的文学革命论也只是进化论和实验主义的一种实际应用。

五

第五组的文字有四篇：

《国学季刊》发刊宣言

古史讨论的读后感

《红楼梦》考证

治学的方法与材料

这都是关于整理国故的文字。

《季刊宣言》是一篇整理国故的方法总论，有三个要点：

第一，用历史的眼光来扩大研究的范围。

第二，用系统的整理来部勒研究的资料。

第三，用比较的研究来帮助材料的整理与解释。

这一篇是一种概论，故未免觉得太悬空一点。以下的两篇便是两个具体的例子，都可以说明历史考证的方法。

的方法。被孔丘、朱熹牵着鼻子走，固然不算高明；被马克思、列宁、斯大林牵着鼻子走，也算不得好汉。我自己决不想牵着谁的鼻子走。我只希望尽我的微薄的能力，教我的少年朋友们学一点防身的本领，努力做一个不受人惑的人。

　　抱着无限的爱和无限的希望，我很诚挚的把这一本小书贡献给全国的少年朋友！

自由中国版自记

　　这七篇自述，是二十多年前一时高兴写了在杂志上发表的。前六篇都是在《新月杂志》上登出的，后来（民国二十二年）亚东图书馆的朋友们劝我印成单行本，题作《四十自述》。后一篇是民国二十二年十二月三日补写的，曾在《东方杂志》上登出，后来收在《中国新文学大系》第一册里。

　　《四十自述》的前六篇，叙述到我十九岁考取官费出洋留学时，就没有写下去了。当时我曾对朋友说："四十岁写儿童时代，五十岁写留学时代到壮年时代，六十岁写中年时代。"

　　但我的五十岁生日（民国三十年，十二月十七）正是日本的空军海军偷袭珍珠港的后十天，我正在华盛顿作驻美大使，当然没有闲工夫写自传。我的六十岁生日（一九五一年，十二月十七）正当大陆"沦陷"的第三年，正当韩战的第二年，我当然没有写个人自传的情绪。

在抗战之前，亚东图书馆曾把我留学美国的七年日记排印出来，依我原题的书名，叫做《藏晖室札记》。这四册日记，在抗战胜利之后，改归商务印书馆出版，改题作《胡适留学日记》。这是我留学时代的自传原料。《逼上梁山》一篇，写文学革命运动的原起就是根据留学日记的资料写的。

今年我回到台北，我的朋友卢逮曾先生同他的夫人劝我把《四十自述》六篇在台湾排印出版，加上《逼上梁山》一篇，仍题作《四十自述》。他们的好意，使这几篇试写的自传居然有一部"自由中国"版，这是我很感谢的。我在六十年前，曾随我的先父，先母，到台南，台东，住了差不多两年。甲午中日战事发生时，我们一家都在台东。今年又是"甲午"了，我把这一部台湾版的《自述》献给"自由中国"的青年朋友。

一九五四年二月廿六夜胡适记于台北

177

亚东版的自序

　　我在这十几年中，因为深深的感觉中国最缺乏传记的文学，所以到处劝我的老辈朋友写他们的自传。不幸的很，这班老辈朋友虽然都答应了，终不肯下笔。最可悲的一个例子是林长民先生，他答应了写他的五十自述作他五十岁生日的纪念；到了生日那一天，他对我说："适之，今年实在太忙了，自述写不成了；明年生日我一定补写出来。"不幸他庆祝了五十岁的生日之后，不上半年，他就死在郭松龄的战役里，他那富于浪漫意味的一生就成了一部人间永不能读的逸书了！

　　梁启超先生也曾同样的允许我。他自信他的体力精力都很强，所以他不肯开始写他的自传。谁也不料那样一位生龙活虎一般的中年作家只活了五十五岁！虽然他的信札和诗文留下了绝多的传记材料，但谁能有他那样"笔锋常带情感"

的健笔来写他那五十五年最关重要又最有趣味的生活呢！中国近世历史与中国现代文学就都因此受了一桩无法补救的绝大损失了。

我有一次见着梁士诒先生，我很诚恳的劝他写一部自叙，因为我知道他在中国政治史与财政史上都曾扮演过很重要的角色，所以我希望他替将来的史家留下一点史料。我也知道他写的自传也许是要替他自己洗刷他的罪恶；但这是不妨事的，有训练的史家自有防弊的方法；最要紧的是要他自己写他心理上的动机，黑幕里的线索，和他站在特殊地位的观察。前两个月，我读了梁士诒先生的讣告，他的自叙或年谱大概也就成了我的梦想了。

此外，我还劝告过蔡元培先生，张元济先生，高梦旦先生，陈独秀先生，熊希龄先生，叶景葵先生。我盼望他们都不要叫我失望。

前几年，我的一位女朋友忽然发愤写了一部六七万字的自传，我读了很感动。认为中国妇女的自传文学的破天荒的写实创作。但不幸她在一种精神病态中把这部稿本全烧了。当初她每写成一篇寄给我看时，我因为尊重她的意思，不曾替她留一个副本，至今引为憾事。

我的《四十自述》，只是我的"传记热"的一个小小的表现。这四十年的生活可分作三个阶段，留学以前为一段，留学的七年（1910—l917年）为一段，归国以后（1917—1931年）为一段。我本想一气写成，但因为种种打断，只写成了这第一段的六章。现在我又出国去了，归期还不能确定，所以我接受了亚东图书馆的朋友们的劝告，先印行这几章。这几章都先在《新月》月刊上发表过，现在我都从头校改过，事实上的小错误和文字上的疏忽，都改正了。我的朋友周作人先生，葛祖兰先生，和族叔堇人先生，都曾矫正我的错误，都是我最感谢的。

关于这书的体例，我要声明一点。我本想从这四十年中挑出十来个比较有趣味的题目，用每个题目来写一篇小说式的文字，略如第一篇写我的父母的结婚。这个计划曾经得已故朋友徐志摩的热烈的赞许，我自己也很高兴，因为这个方法是自传文学上的一条新路子，并且可以让我（遇必要时）用假的人名地名描写一些太亲切的情绪方面的生活。但我究竟是一个受史学训练深于文学训练的人，写完了第一篇，写到了自己的幼年生活，就不知不觉的抛弃了小说的体裁，回到了谨严的历史叙述的老路上去了。这一变颇使志摩失望，但他读了那写家庭和乡村教育的一章，也曾表示赞许；还有许多朋友写信来说这一章比前一章更动人。从此以后，我就爽性这样写下去了。因为第一章只是用小说体追写一个传说，其中写那"太子会"颇有用想像补充的部分，虽然经堇人叔来信指出，我也不去更动了。但因为传闻究竟与我自己的亲见亲闻有别，所以我把这一章提出，称为"序幕"。

我的这部《自述》虽然至今没写成，几位旧友的自传，如郭沫若先生的，如李季先生的，都早已出版了。自传的风气似乎已开了。我很盼望我们这几个三四十岁的人的自传的出世可以引起一班老年朋友的兴趣，可以使我们的文学里添出无数的可读而又可信的传记来。我们抛出几块砖瓦，只是希望能引出许多块美玉宝石来；我们赤裸裸的叙述我们少年时代的琐碎生活，为的是希望社会上做过一番事业的人也会赤裸裸的记载他们的生活，给史家做材料，给文学开生路。

胡适　民国二二年六月二七日于太平洋上

孙行者与张君劢

　　孙行者站在灵霄殿外，耀武扬威的不服气。如来伸出一只手掌道："你有多大本领？能不能跳出我的手心？"孙行者大笑道："我的师父曾传授给我七十二般变化，还教我筋斗云，一个筋斗就是十万八千里。你有多大的手心！"他缩小了身躯跳上了如来的手掌，喊一声"老孙去也！"一个筋斗翻出南天门去了。以后的一段，我不用细说了。孙行者自以为走的很远了，不知道他总不曾跳出如来的手掌。

　　我的朋友张君劢近来对于科学家的跋扈，很有点生气。他一只手捻着他稀疏的胡子，一只手向桌上一拍，说道："赛先生，你有多大的手心！你敢用罗辑先生来网罗'我'吗？老张去也！"说着，他一个筋斗，就翻出松坡图书馆的大门外去了。

　　他这一个筋斗，虽没有十万八千里，却也够长了！我在几千里外等候他，等了二七一十四天，好容易望着彩云朵朵，瑞气千条，冉冉而来，——却原来还只是他的小半截身子！其余的部分，还没有翻过来呢！

然而我揪住了这翻过来的一截，仔细一看，原来他仍旧不曾跳出赛先生和罗辑先生的手心里！这话怎讲？且听我道来。

张君劢说：

> 人生者，变也，活动也，自由也，创造也。……试问论理学上之三大公例（曰同一，曰矛盾，曰排中）何者能证其合不合乎？论理学上之两大方法（曰内纳，曰外绎），何者能推定其前后之相生乎？

这是柏格森的高徒的得意腔调。他还引了许多师叔师伯的话来助他张目。

然而他所指出的罗辑先生的五样法宝，我们只消祭起一样来，已够打出他的原形来了。我们祭起的法宝，是论理学上的矛盾律。

[**矛一**] 张君劢说：

> "精神科学中有何种公例，可以推算未来之变化，如天文学之于天象，力学之于物体者乎？吾敢

断言曰，必无而已。"

[**盾一**] 张君劢又说：

> "人类目的，屡变不已；虽变也，不趋于恶而
> 必趋于善。"

前面一个"必"字的矛，后面一个"必"字的盾，遥遥
相对，好看煞人！

否认人生观有公例的张君劢，忽然寻出这一条"不趋于
恶而必趋于善"的大公例来，岂非玄之又玄的奇事！他自己
不能不下一个解释，于是他又陷入第二层矛盾。

[**矛二**] 张君劢说：

> "精神科学之公例，惟限于已过之事，而于未
> 来之事，则不能推算。"
> "精神科学……决不能以已成之例，推算未
> 来也。"

[**盾二**] 张君劢说：

> "人类目的，屡变不已；虽变也，不趋于恶而
> 必趋于善。其所以然之故，至为玄妙，不可测度。

184

然据既往以测将来，其有持改革之说者，大抵图所以益世而非所以害世。此可以深信而不疑者也。"

请问"据既往以测将来"是不是"以已成之例，推算未来"？

然而张君劢又说：

[矛三]"人生观不为论理方法与因果律所支配者也。"

[盾三]（大前提）"夫事之可以预测者，必为因果律所支配者也。"（小前提）"人类目的，屡变不已；然据既往以测将来，……可以深信而不疑。"（结论）故张君劢深信而不疑"人类目的"（人生观）必为因果律所支配者也！

张君劢翻了二七一十四天的筋斗，原来始终不曾脱离罗辑先生的一件小小法宝——矛盾律——的笼罩之下！哈！哈！

"宁鸣而死，不默而生"
——九百年前范仲淹争自由的名言

几年前，有人问我，美国开国前期争自由的名言"不自由，毋宁死"（原文是Patric Henry在1775年的"给我自由，否则给我死""Give me liberty, or give me death"），在中国有没有相似的话，我说，我记得是有的，但一时记不清楚是谁说的了。

我记得是在王应麟的《困学纪闻》里见过有这样一句话，但这几年我总没有机会去翻查《困学纪闻》。今天偶然买得一部影印元本的《困学纪闻》，昨天查得卷17有这一条：

范文正《灵乌赋》曰："宁鸣而死，不默而生。"其言可以立儒。

"宁鸣而死，不默而生"，当时往往专指谏诤的自由，我们现在叫做言论自由。

范仲淹生在西历989年，死在1052年，他死了903年了。他作《灵乌赋》答梅圣俞的《灵乌赋》，大概是在景佑三年（1036）他同欧阳修、余靖、尹洙诸人因言事被贬谪的时期。这比亨利柏烈的"不自由，毋宁死"的话要早740年。这也可以特别记出，作为中国争自由史上的一段佳话。

梅圣俞名尧臣，生在西历1003年，死在1061年。他的集中有《灵乌赋》，原是寄给范仲淹的，大意是劝他的朋友们不要多说话。赋中有这句子：

> 凤不时而鸣，
>
> 乌哑哑兮招唾骂於里闾。
>
> 乌兮，事将乖而献忠，
>
> 人反谓尔多凶。……
>
> 胡不若凤之时鸣，
>
> 人不怪兮不惊。……
>
> 乌兮，尔可，
>
> 吾今语汝，庶或我（原作汝，似误）听。
>
> 结尔舌兮铃尔喙，
>
> 尔饮喙兮尔自遂。
>
> 同翱翔兮八九子，
>
> 勿噪啼兮勿睥睨，

往来城头无尔累。

这篇赋的见解、文辞都不高明。（圣俞后来不知因何事很怨恨范文正，又有《灵乌后赋》，说他"憎鸿鹄之不亲，爱燕雀之来附。既不我德，又反我怒。……远己不称，昵己则誉。"集中又有《谕乌诗》，说："乌时来佐凤，署置且非良，咸用所附己，欲同助翱翔。"此下有一段丑诋的话，好像也是骂范文正的。这似是圣俞传记里一件疑案；前人似没有注意到。）

范仲淹作《灵乌赋》，有自序说：

　　梅君圣俞作是赋，曾不我鄙，而寄以为好。因勉而和之。庶几感物之意同归而殊途矣。

因为这篇赋是中国古代哲人争自由的重要文献，所以我多摘钞几句：

　　灵乌，灵乌
　　尔之为禽兮何不高飞而远蓍?
　　何为号呼于人兮告吉凶而逢怒!
　　方将折尔翅而烹尔躯，
　　徒悔焉而亡路。
　　彼哑哑兮如诉，

请臆对而忍谕，

我有生兮累阴阳之含育，

我有质兮虑天地之覆露。

长慈母之危巢，

托主人之佳树。……

母之鞠兮孔艰，

主之仁兮则安。

度春风兮既成我以羽翰，

眷高枝兮欲去君而盘桓。

思报之意，厥声或异：

忧于未形，恐于未炽。

知我者谓吉之先，

不知我者谓凶之类。

故告之则反灾于身，

不告之则稔祸于人。

主恩或忘，我怀靡臧。

虽死而告，为凶之防。

亦由桑妖于庭，惧而修德，俾王之兴：

雉怪于鼎，惧而修德，俾王之盛。

天德甚迷，人言过病！

彼希声之凤凰，

亦见讥于楚狂。

彼不世之麒麟。

189

亦见伤于鲁人。

凤岂以讥而不灵?

麟岂以伤而不仁?

故割而可卷,孰为神兵?

烁而可变,孰为英琼?

宁鸣而死,不默而生!

胡不学大仓之鼠兮,

何必仁为,丰食而肥?

仓苟竭兮,吾将安归!

又不学荒城之狐兮,

何必义为,深穴而威?

城苟记兮,吾将畴依!

……

我鸟也勤于母兮自天,

爱于主兮自天。

人有言兮是然。

人无言兮是然。

这是九百多年前一个中国政治家争取言论自由的宣言。

赋中"忧于未形,恐于未炽"两句,范公在十年后
(1046年),在他最后被贬谪之后一年,作《岳阳楼记》,
充分发挥成他最有名的一段文字:

嗟夫，予当求古仁人之心……不以物喜，不以己悲，居庙堂之高则忧其民，处江湖之远则忧其君，是进亦忧，退亦忧，然则何时而乐耶？其必曰"先天下之忧而忧，后天下之乐而乐"乎？噫，微斯人，吾谁与归。

当前此三年（1043年）他同韩琦、富弼同在政府的时期。宋仁宗有手诏，要他们"尽心为国家诸事建明，不得顾忌"。范仲淹有《答手诏条陈十事》，引论里说：

我国家革五代之乱，富有四海，垂八十年。纲纪制度，日削月侵，官壅于下，民困于外，夷狄骄盛，寇盗横炽，不可不更张以救之。……

这是他在所谓"庆历盛世"的警告。那十事之中，有"精贡举"一事，他说：

……国家乃专以辞赋取进士，以墨义取诸科。士皆合大方而趋小道。虽济济盈盈，求有才有识者，十无一二。况天下危困，乏人如此，将何以救？在乎教以经济之才，庶可以救其不逮。或谓救弊之术无乃后时？臣谓四海尚完，朝谋而夕行，庶乎可济。安得宴然不救，并俟其乱哉？……

这是在中原沦陷之前83年提出的警告。这就是范仲淹所说的"忧于未形，恐于未炽"；这就是他说的"先天下之忧而忧"。

从中国向来知识分子的最开明的传统看，言论的自由、谏诤的自由，是一种"自天"的责任，所以说，"宁鸣而死，不默而生"。

从国家与政府的立场看，言论的自由可以鼓励人人肯说："忧于未形，恐于未炽"的正论危言，来替代小人们天天歌功颂德、鼓吹升平的滥调。

追悼志摩

悄悄的我走了，

正如我悄悄的来，

我挥一挥衣袖，

不带走一片云彩。

（《再别康桥》）

志摩这一回真走了！可不是悄悄的走。在那淋漓的大雨里，在那迷蒙的大雾里，一个猛烈的大震动，三百匹马力的飞机碰在一座终古不动的山上，我们的朋友额上受了一个致命的撞伤，大概立刻失去了知觉，半空中起了一团大火，像天上陨了一颗大星似的直掉下地去。我们的志摩和他的两个同伴就死在那烈焰里了！

我们初得着他的死信，却不肯相信，都不信志摩这样一个可爱的人会死的这么残酷。但在那几天的精神大震撼稍稍过去之后，我们忍不住要想，那样的死法也许只有志摩最配。我们不相信志摩会"悄悄的走了"，也不忍想志摩会死一个"平凡的死"，死在天空之中，大雨淋着，大雾笼罩着，大火焚烧着，那撞不倒的山头在旁边冷眼瞧着，我们新时代的新诗人，就是要自己挑一种死法，也挑不出更合式，更悲壮的，志摩走了，我们这个世界里被他带走了不少的云彩。他在我们这些朋友之中，真是一片最可爱的云彩，永远是温暖的颜色，永远是美的花样，永远是可爱的。他常说：

> 我不知道风
>> 是在那一个方向吹——

我们也不知道风是在那一个方向吹，可是狂风过去之后，我们的天空变惨淡了，变寂寞了，我们才感觉我们的天上的一片最可爱的云彩被狂风卷去了，永远不回来了！

这十几天里，常有朋友到家里来谈志摩，谈起来常常有人痛哭。在别处痛哭他的，一定还不少。志摩所以能使朋友这样哀念他，只是因为他的为人整个的只是千团同情心，只是一团爱。叶公超先生说：

> 他对于任何人，任何事，从未有过绝对的怨恨，甚至于无意中都没有表示过一些憎嫉的神气。

陈通伯先生说：

　　尤其朋友里缺不了他。他是我们的连索，他是黏着性的，发酵性的。在这七八年中，国内文艺界里起了不少的风波，吵了不少的架，许多很熟的朋友往往弄的不能见面。但我没有听见有人怨恨过志摩；谁也不能抵抗志摩的同情心，谁也不能避开他的黏着性。他才是和事佬，他有无穷的同情，他总是朋友中间的"链索"。他从没有疑心，他从不会妒忌。使这些多疑善妒的人们十分惭愧，又十分羡慕。

他的一生真是爱的象征。爱是他的宗教，他的上帝。

　　　　我攀登了万仞的高冈，
　　　　荆棘扎烂了我的衣裳，
　　　　我向飘渺的云天外望——
　　　　上帝，我望不见你！
　　　　……
　　　　我在道旁见一个小孩：
　　　　活泼，秀丽，褴褛的衣衫；
　　　　他叫声"妈"，眼里亮着爱——

上帝，他眼里有你！

（《他眼里有你》）

志摩今年在他的《〈猛虎集〉自序》里，曾说他的心境是"一个曾经有单纯信仰的流入怀疑的颓废"。这句话是他最好的自述。他的人生观真是一种"单纯信仰"，这里面只有三个大字：一个是爱，一个是自由，一个是美。他梦想这三个理想的条件能够会合在一个人生里，这是他的"单纯信仰"。他的一生的历史，只是他追求这个单纯信仰的实现的历史。

社会上对于他的行为，往往有不谅解的地方，都只因为社会上批评他的人不曾懂得志摩的"单纯信仰"的人生观。他的离婚和他的第二次结婚，是他一生最受社会严厉批评的两件事。现在志摩的棺已盖了，而社会上的议论还未定。但我们知道这两件事的人，都能明白，至少在志摩的方面，这两件事最可以代表志摩的单纯理想的追求。他万分诚恳的相信那两件事都是他实现那"美与爱与自由"的人生的正当步骤。这两件事的结果，在别人看来，似乎都不曾能够实现志摩的理想生活。但到了今日，我们还忍用成败来议论他吗？

我忍不住我的历史癖，今天我要引用一点神圣的历史材料，来说明志摩决心离婚时的心理。民国十一年三月，他正式向他的夫人提议离婚，他告诉她，他们不应该继续他们的没有爱情没有自由的结婚生活了，他提议"自由之偿还自由"，他认为这是"彼此重见生命之曙光，不世之荣业"。
他说：

> 故转夜为日，转地狱为天堂，直指顾间事
> 矣。……真生命必自奋斗自求得来，真幸福亦必自
> 奋斗自求得来，真恋爱亦必自奋斗自求得来！彼此
> 前途无限，……彼此有改良社会之心，彼此有造福
> 人类之心，其先自作榜样，勇决智断，彼此尊重人
> 格，自由离婚，止绝苦痛，始兆幸福，皆在此矣。

这信里完全是青年的志摩的单纯的理想主义，他觉得那
没有爱又没有自由的家庭是可以摧毁他们的人格的，所以他
下了决心，要把自由偿还自由，要从自由求得他们的真生
命，真幸福，真恋爱。

后来他回国了，婚是离了，而家庭和社会都不能谅解
他。最奇怪的是他和他已离婚的夫人通信更勤，感情更好。
社会上的人更不明白了。志摩是梁任公先生最爱护的学生，
所以民国十二年任公先生曾写一封很恳切的信去劝他。在这
信里，任公提出两点：

> 其一，万不容以他人之苦痛，易自己之快乐。
> 弟之此举，其于弟将来之快乐能得与否，殆茫如捕
> 风，然先已予多数人以无量之苦痛。

其二，恋爱神圣为今之少年所乐道。……兹事盖可遇而不可求；……况多情多感之人，其幻想起落鹘突，而得满足得宁帖也极难。所梦想之神圣境界恐终不可得，徒以烦恼终其身已斗。

任公又说：

呜呼志摩！天下岂有圆满之宇宙？……当知吾侪以不求圆满为生活态度，斯可以领略生活之妙味矣。……若沉迷于不可必得之梦境，挫折数次，生意尽矣，郁邑侘傺以死，死为无名。死犹可也，最可畏者，不死不生而堕落至不复能自拔。呜呼志摩，可无惧耶！可无惧耶！

（十二年一月二日信）

任公一眼看透了志摩的行为是追求一种"梦想的神圣境界"，他料到他必要失望，又怕他少年人受不起几次挫折，就会死，就会堕落。所以他以老师的资格警告他："天下岂有圆满之宇宙？"

但这种反理想主义是志摩所不能承认的。他答复任公的信，第一不承认他是把他人的苦痛来换自己的快乐。他说：

我之甘冒世之不韪，竭全力以斗者，非特求免凶惨之苦痛，实求良心之安顿，求人格之确立，求灵魂之救度斗。

人谁不求庸德？人谁不安现成？人谁不畏艰险？然且有突围而出者，夫岂得已而然哉？

第二，他也承认恋爱是可遇而不可求的，但他不能不去追求。他说：

将于茫茫人海中访我唯一灵魂之伴侣：得之，我幸；不得，我命，如此而已。

他又相信他的理想是可以创造培养出来的。他对任公说：

嗟夫吾师！我尝备我灵魂之精髓，以凝成一理想之明珠，涵之以热满之心血，朗照我深奥之灵府。而庸俗总之嫉之，辄欲麻木其灵魂，捣碎其理想，杀灭其希望，污毁其纯洁！我之不流入堕落，流入庸懦，流入卑污，其几亦微矣！

我今天发表这三封不曾发表过的信，因为这几封信最能表现那个单纯的理想主义者徐志摩。他深信理想的人生必须有爱，必须有自由，必须有美：他深信这种三位一体的人生是可以追求的，至少是可以用纯洁的心血培养出来的。——我们若从这个观点来观察志摩的一生，他这十年中的一切行为就全可以了解了。我还可以说，只有从这个观点上才可以了解志摩的行为；我们必须先认清了他的单纯信仰的人生观，方才认得清志摩的为人。

志摩最近几年的生活，他承认是失败。他有一首《生活》的诗，诗是暗惨的可怕：

> 阴沉，黑暗，毒蛇似的蜿蜒，
> 生活逼成了一条甬道：
> 一度陷入，你只可向前，
> 手相索着冷壁的粘潮，
>
> 在妖魔的脏腑内挣扎，
> 头顶不见一线的天光，
> 这魂魄，在恐怖的压迫下，
> 除了消灭更有什么愿望？

（十九年五月二十九日）

他的失败是一个单纯的理想主义者的失败。他的追求，使我们惭愧，因为我们的信心太小了，从不敢梦想他的梦想。他的失败，也应该使我们对他表示更深厚的恭敬与同情，因为偌大的世界之中，只有他有这信心，冒了绝大的危险，费了无数的麻烦，牺牲了一切平凡的安逸，牺牲了家庭的亲谊和人间的名誉，去追求，去试验一个"梦想之神圣境界"，而终于免不了惨酷的失败；也不完全是他的人生观的失败。他的失败是因为他的信仰太单纯了，而这个现实世界太复杂了，他的单纯的信仰禁不起这个现实世界的摧毁；正如易卜生的诗剧brand里的那个理想主义者，抱着他的理想，在人间处处碰钉子；碰的焦头烂额，失败而死。

然而我们的志摩"在这恐怖的压迫下"，从不叫一声"我投降了"！他从不曾完全绝望，他从不曾绝对怨恨谁。他对我们说：

> 你们不能更多的责备。我觉得我已是满头的血水，能不低头已算是好的。（《〈猛虎集〉自序》）

是的，他不曾低头。他仍旧昂起头来做人；他仍旧是他那一团的同情心，一团的爱。我们看他替朋友做事，替团体做事，他总是仍旧那样热心，仍旧那样高兴。几年的挫折，失败，苦痛，似乎使他更成熟了，更可爱了。他在苦痛之中，仍旧继续他的歌唱。他的诗作风也更成熟了。他所谓"初期的汹涌性"固然是没有了，作品也减少了；但是他的意境变深厚了，笔致变淡远了，技术和风格都更进步了。这是读《猛虎集》的人都能感觉到的。志摩自己希望今年是他的"一个真正的复活的机会"。他说：

> 抬起头居然又见到了。眼睛睁开了，心也跟着
> 开始了跳动。

我们一班朋友都替他高兴。他这几年来想用心血浇灌的花也许是枯萎的了；但他的同情，他的鼓舞，早又在别的园里种出了无数的可爱的小树，开出了无数可爱的鲜花。他自己的歌唱有一个时代是几乎消沉了；但他的歌声引起了他的园地外无数的歌喉，嘹亮的唱，哀怨的唱，美丽的唱。这就是对他的安慰，都使他高兴。

谁也想不到在这个最有希望的复活时代，他竟丢了我走了！他的《猛虎集》里有一首咏一只黄鹏的诗，现在重了，好像他在那里描写他自己的死，和我们对他的死的悲哀：

> 等候他唱，我们静着望，
> 怕惊了他。但他一展翅，
> 冲破浓密，化一朵彩云：
> 他飞了，不见了，没了——
> 像是春光，火焰，像是热情。

志摩这样一个可爱的人，真是一片春光，一团火焰，一腔热情。现在难道都完了？

202

决不！决不！志摩最爱他自己的一首小诗，题目叫《偶然》，在他的《卞昆冈》剧本里，在那个可爱的孩子阿临死时，那个瞎子弹着三弦，唱着这首诗：

我是天空里的一片云，
偶尔投影在你的波心——
你不必讶异，
　更无需欢喜——
　在转瞬间消灭了踪影。

你我相逢在黑暗的海上，
你有你的，我有我的，方向。
　你记得也好，
　最好你忘掉，
在这交会互放的光亮！

朋友们，志摩是走了，但他投的影子会永远留在我们心里，他放的光亮也会永远留在人间，他不曾白来了一世。我们有了他做朋友，也可以安慰自己说不曾白来了一世。我们忘不了，和我们——

在那交会时互放的光亮！

203